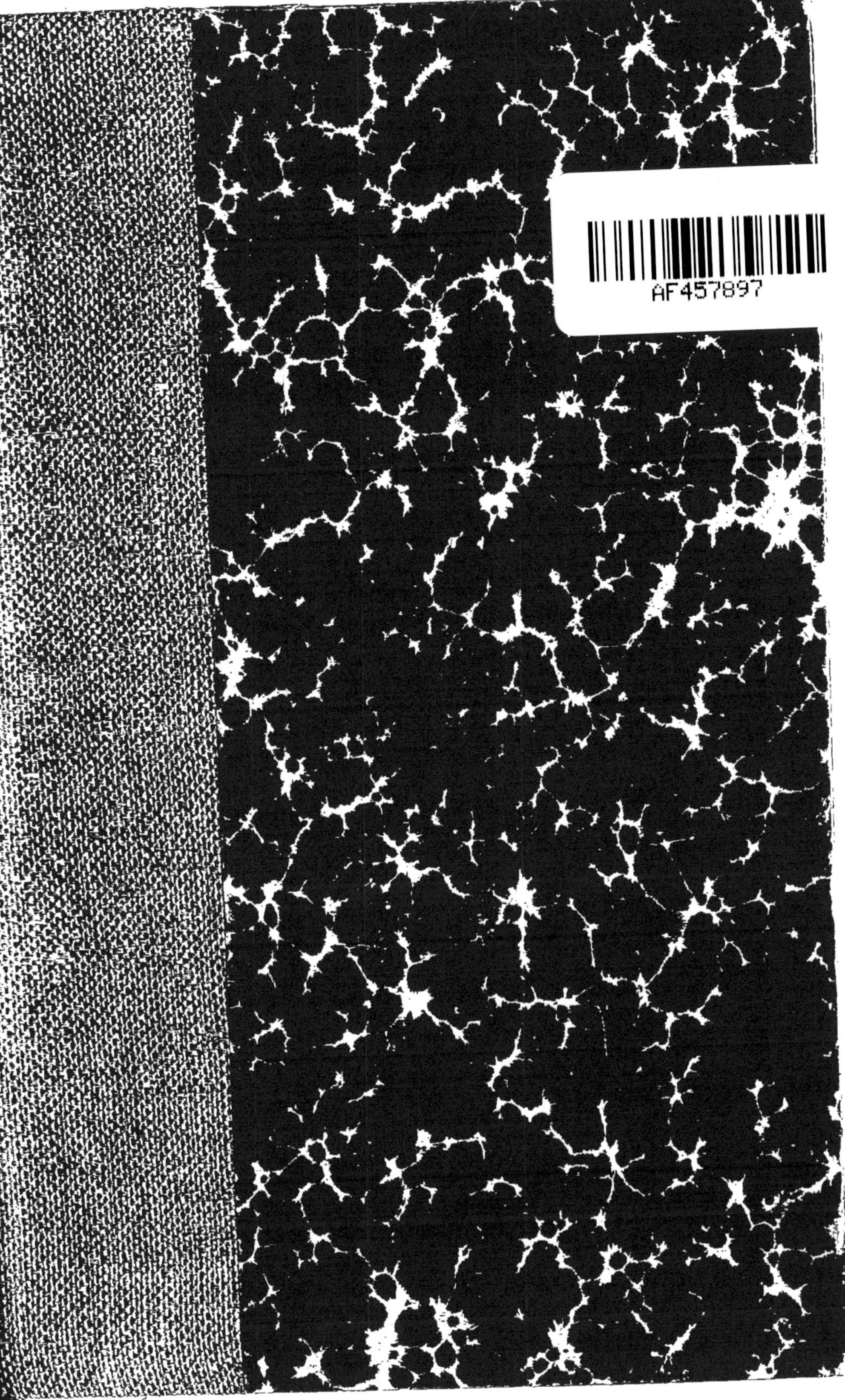

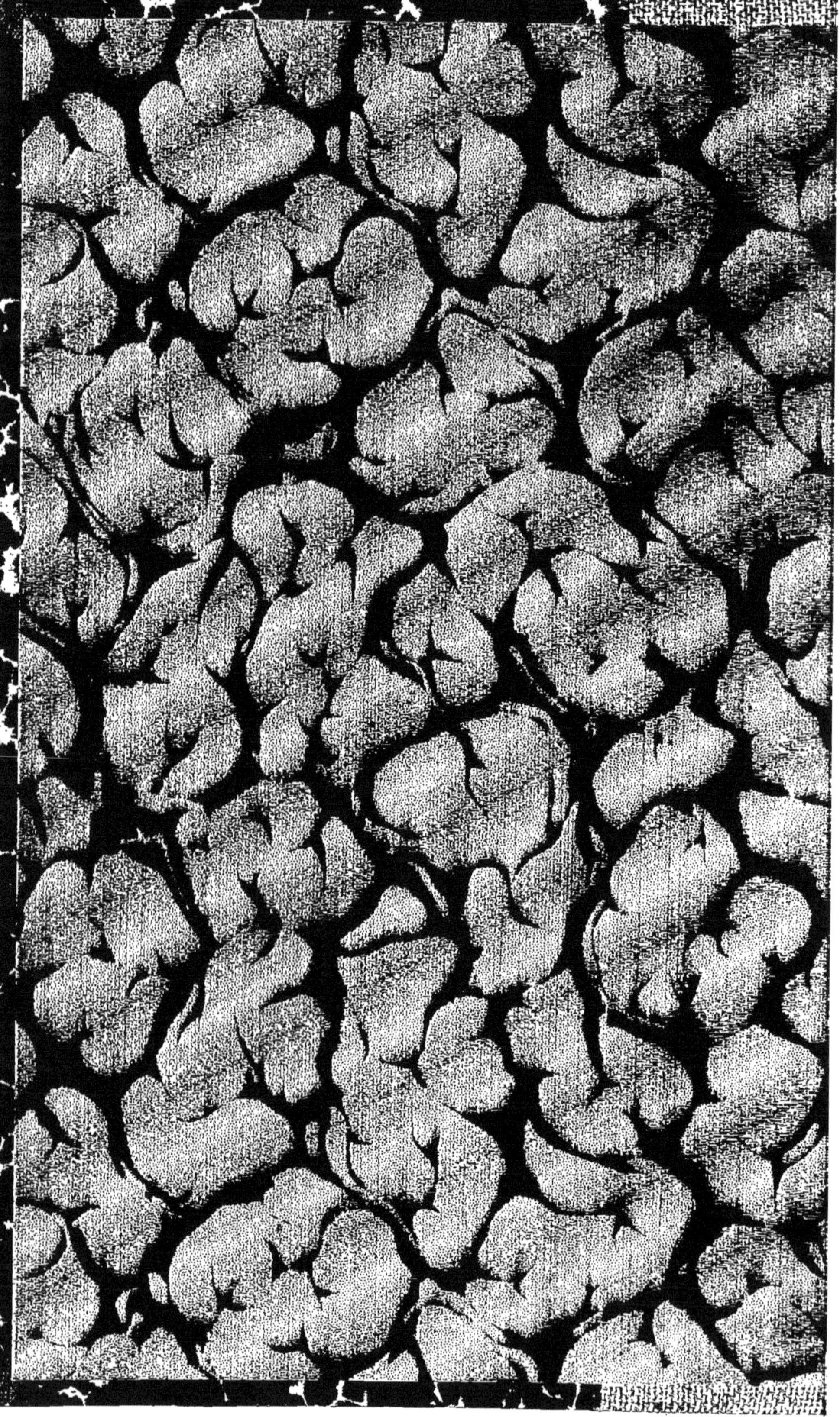

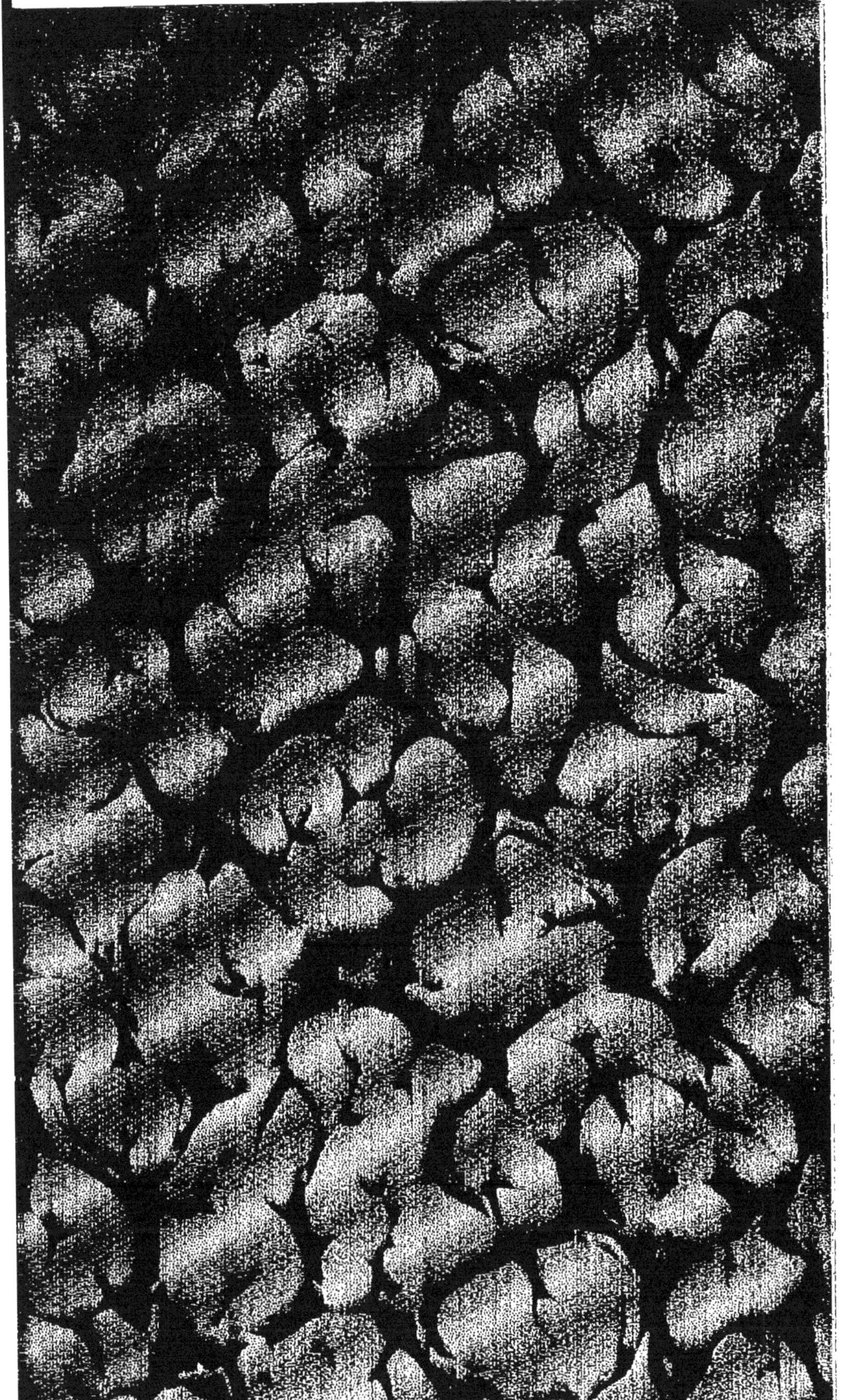

LE SECRET

DE LA

MAISON-FORTE

PAR

ANTONIN THIVEL

PARIS

E. DENTU, LIBRAIRE-ÉDITEUR

13-17, PALAIS ROYAL

MDCCCLXXX

LE SECRET

DE LA

MAISON-FORTE

Tiré à deux cents exemplaires

LE SECRET

DE LA

MAISON-FORTE

PAR

ANTONIN THIVEL

PARIS
E. DENTU, LIBRAIRE-ÉDITEUR
PALAIS-ROYAL, 17 ET 19

A

MADAME MATHIESSENS

C'était à Nice; la mort frappait à coups redoublés à la porte de ma villa.

Vous êtes parue, Madame, comme un Ange sauveur, avec votre Oncle, le docteur Gignoux. La mort a fui! L'amour et le bonheur me sont restés!... Soyez, bénie!...

A. T.

LE SECRET

DE LA

MAISON-FORTE

I

« — Père Mathurin, disait une pétillante jeune fille occupée à remettre tout en ordre dans une auberge de village que venaient de quitter de nombreux buveurs, le croiriez-vous ? naguère, quand je voyais passer devant notre auberge les brillants équipages des châteaux voisins, la colère me montait toujours au cerveau. Je me disais : Tout aux uns, rien aux autres... Est-ce juste, père Mathurin? Mais à qui parlé-je?... Vous êtes encore, vous, un homme des curés, un réactionnaire, comme dit mon père. Mais il paraît que cela va changer, écoutez :

« Les malins du conseil étaient hier soir attablés dans ce coin-là ; ils mangeaient un lapin et un saucisson arrosés de force bouteilles : « Mangez, dit l'un « d'eux, il faudra que les aristocrates « paient ; ce sont eux qui ont rempli la « caisse publique par l'emprunt que nous « avons eu la bonne idée de faire ; bu- « vons à ceux qui paient, pour que la « guillotine les raccourcisse. » Et tous riaient de bon cœur. « Parlons bas, dit « l'un d'eux, la danse se prépare et le « cotillon sera chaud, je ne vous dis que « ça. J'ai reçu un avis du comité de Pa- « ris. Tenons-nous prêts, car, au pre- « mier signal, il faudra tirer au sort pour « savoir ceux qui partiront. Ce sera dur, « allez ! Après, partage général : les « maisons, les châteaux seront à nous. « Chacun prendra ce qui lui fera plaisir. »

« Mais, le croiriez-vous ? père Mathurin, le même disait aussi que jusque-là les prêtres s'étaient moqués du pauvre peuple, en lui faisant croire qu'il y avait un bon Dieu... »

Le père Mathurin hocha la tête.

« ... Qu'on allait liquider tout cela, en

pillant les églises, en raccourcissant les prêtres et en jetant le bon Dieu par la fenêtre. J'avais peur, croyez-le. Mais il n'est pas juste qu'il y ait des pauvres. Il ajoutait encore que le diable avait été inventé pour les femmes et les petits enfants. J'étais rassurée alors : la preuve de tout cela, c'est que de bons citoyens d'une assemblée qu'on appelle Académie et qui lisent dans de gros livres disent tous les jours qu'il n'y a pas de Dieu... Ce sera tout de même bien drôle, quand, pour la vogue de chez nous, je paraîtrai dans la voiture de la comtesse, avec ses belles robes et ses belles bagues. Je suis plus jolie qu'elle, ma foi, cela m'ira mieux. »

Et la coquette et perverse jeune fille se

leva pour aller se contempler dans la glace du comptoir.

Satisfaite d'elle-même, elle s'approcha du père Mathurin, vénérable vieillard qui se chauffait à un bon feu, et continua :

« — Voyons, vieux radoteur, que pensez-vous de tout cela ? Vous aimez les curés, vous, et vous avez été assez bête pour travailler toute votre vie sans oser seulement leur jouer le plus petit tour. Vous voilà vieux, cassé, et pas une croûte à vous mettre sous la dent. Que n'avez-vous fait la pêche à la glu dans les troncs de l'église ? Il faut, père Mathurin, vrai comme je vous le dis, que vous ayez un coup de marteau, car non-seulement vous ne gagnez guère en faisant le jardin du curé et en servant la messe, mais les dimanches, vous allez nettoyer de fond en comble l'hospice des incurables, au lieu de venir chez nous boire une bonne bouteille avec les camarades. A quoi vous servira tout cela, maintenant qu'il n'y a plus de paradis? Voyez-vous, tous ces mensonges, c'est de la graine à nigaud. »

Le père Mathurin hocha de nouveau la tête et dit :

« — Petite, ta langue marche vite depuis quelque temps, ton nez s'affute, tes yeux s'ouvrent comme le grand portail de l'église, et ce n'est pas certes pour voir le bon Dieu, que tu offenses par tes vilains propos. Vois-tu, mon enfant, fais marcher ton aiguille au lieu de ta langue. Crois mon expérience. Les hommes sont comme les vignes ; tous les vingt ans, ils prennent une maladie nouvelle ; on soufrera tout cela, petite. Ah ! si je n'avais que vingt ans, tes fanfarons ne bavarderaient pas tant sur le bon Dieu ; je leur ferais avaler leur langue. Ce sont des propres à rien ; ils crient bien fort pour faire oublier leur poltronnerie devant les Prussiens. Puisqu'ils ont tant envie de verser du sang, ils devaient aller trouver les Prussiens, comme ont fait ceux du beau monde, qui presque tous étaient au premier rang. La plupart ont laissé femme, enfants, châteaux ; d'autres leurs archives, leurs livres et leurs pinceaux, pendant que tes héros de club bataillaient dans les cabarets avec la bouteille et chassaient les Frères de la doctrine chrétienne qui les avaient élevés. Vois-tu, de mon temps, on parlait moins et on faisait plus de besogne, et, sans être bigot, le soldat, en passant devant une croix, mettait un genou en terre et disait un mot ou deux au bon Dieu. Ah ! une prière avant la bataille, c'est le petit verre d'eau-de-vie de l'âme. Crois-moi, fillette, je t'ai vue naître et ta pauvre mère était une brave femme. Si elle n'était pas morte, ton père n'aurait pas les idées à l'envers et toi aussi. Fuis les braillards des clubs qui sont les amis des Prussiens ; ne crois pas à toutes les monstruosités qu'ils débitent. Pour que leur conscience ne parle pas, ils s'étourdissent en beuglant qu'il n'y a point de Dieu. *L'huile de coude* leur manque et ils veulent vivre des épargnes du voisin. Regarde les bavards des villes, quand ils ont mangé dans une débauche infernale le patrimoine de leurs pères, ils crient contre les priviléges, se font républicains et insultent Dieu pour que les déclassés inférieurs leur servent de marchepied à une fortune nouvelle. Triste, bien triste, tout cela. Vois-tu, petite, jamais, au grand jamais, un chêne ne peut pousser les racines en l'air, pas plus que la canaille ne peut longtemps gouverner un pays sans le perdre. Mais je prêche dans le désert ; tu ris de mes paroles, ton cœur est déjà gangrené et ta tête folle ne rêve que plaisirs et rubans. »

Le père Mathurin était entré dans une vraie colère et battait le feu de son bâton, n'ayant point la force de battre les hommes.

Il parlait encore, quand un étranger à noble figure entra dans l'auberge.

« — Peut-on me loger ici pour un mois? dit-il d'une vois brève.

« — Je le pense, dit la jeune fille en faisant une belle révérence et en lançant un coup d'œil engageant. Je vais le demander à mon père qui est bien occupé, à la mairie, à réparer les fautes des monarchistes. Il était temps, m'a-t-il dit, qu'il arrivât aux affaires...

« — Pour se replumer », grommela le père Mathurin.

« — Asseyez-vous, citoyen ; vous êtes vitrier ; je vois que vous portez votre cartable de planches sur le dos. Mon père aime l'ouvrier. Si vous êtes un vrai républicain, vous serez bons amis. »

Et la jeune fille courut à la mairie chercher son père, qui se colletait avec un autre, tout en se traitant l'un l'autre de mouchards, selon la tendre confraternité républicaine.

L'étranger quitta son cartable, le posa sur la table et s'assit comme un homme fatigué par une longue course. En effet, il avait suivi l'armée et rendu de grands services dans les ambulances.

Un instant après, le maître de l'auberge arriva le chapeau sur l'oreille.

« — Citoyen vitrier, dit-il, je puis vous loger et vous serez en sûreté chez moi. Je suis le maire, et, si vous avez besoin d'un habit, je vous offre mes services ; je suis tailleur de mon état. Ces chiens de monarchistes ont tué le commerce, mais la république fera marcher tout ça, et avant que je sois nommé député, je vous ferai tout ce que vous voudrez. Diable ! un vitrier qui porte un grand parapluie sur son sac doit être un élégant. Allons, demoiselle, fais préparer à souper au citoyen. »

A ce bavardage, l'étranger fronça le sourcil et dit d'une voix de stentor où perçait la colère :

« — J'ai soif, donnez-moi du vin de réactionnaire ! »

Puis, s'avançant vers le vieillard qui se chauffait, il lui dit d'une voix engageante :

« — Vous seriez bien aimable, père, si vous vouliez souper avec moi.

« — Volontiers, dit le père Mathurin ; il ne m'arrive pas tous les jours de souper. »

Il s'assit en face de l'étranger, qui, en attendant que le souper fût servi, prit son album et, dans une demi-heure, fit le croquis du père Mathurin et de la jeune fille.

Quand Nanette apporta le souper, elle poussa un cri de joie en se reconnaissant sur l'album du prétendu vitrier, qui n'était autre qu'un de nos premiers artistes français.

Pendant le souper, le peintre fit causer le père Mathurin sur les habitudes des gens du village et des environs, désirant connaître ceux au milieu desquels il devait passer peut-être plusieurs mois.

« — Pour vous servir de guide, dit le père Mathurin, je vous donnerai mon filleul. Le petit gars est fin comme une anguille. Il n'y a pas une pierre qu'il ne connaisse à vingt lieues à la ronde. Il garde les moutons, et, avec son couteau, il taille des figures mieux que notre marguillier, qui se croit un artiste parce qu'il a fait le coq du clocher. Le petit fûté irait loin, si on le tenait à la grande classe des Frères, qui en valent bien d'autres.

« — C'est entendu, père Mathurin, vous viendrez tous les soirs souper avec moi et demain vous m'amènerez votre filleul. S'il me convient, je lui donnerai quelques leçons et je l'emmènerai à Paris. »

Le père Mathurin partit enchanté, Nanette lui frappa sur l'épaule :

« — Vous me devez cela, vieux rabâcheur. »

Le lendemain, quand le peintre descendit de sa chambre, qui était assez agréable, il trouva le maître de l'auberge se promenant avec une fiévreuse impatience.

« — Citoyen, dit-il au peintre, ma fille

m'a dit que vous aviez fait son portrait. Vous êtes peintre-vitrier, sans doute. Vous devriez me faire une belle enseigne : par exemple, un luron de républicain qui tape sur un réactionnaire. Tout le monde viendrait voir cela, et mon auberge ferait ses affaires. Puis, dans la grande salle de la mairie, vous me feriez la déesse de la Liberté. C'est alors que les Frères ignorantins partiraient. »

Quelques jours après, tous les habitants du village étaient devant l'auberge du maire, admirant une magnifique enseigne.

« — Tu es un brave, disaient les uns, tu n'as pas peur de la réaction, puisque mêmement que le peintre t'a fait ton portrait, et que tu tapes sur le bourgeois.

« — Nous ne boirons plus que chez toi, disaient les autres, tu es un bon patriote ! »

Le père Mathurin, arrivant aussi, entra dans l'auberge avec son filleul ; le peintre était sur la porte, les mains dans ses poches, fumant une longue pipe en terre. Le gamin regarda l'enseigne et dit en riant aux éclats :

« — Tiens ! on a fait Caïn sous la figure de notre maire. Voilà qui est bien tapé !

« — Tais-toi, imbécile, tu ne vois pas que c'est un bon républicain qui tape sur la réaction ? »

Le gamin regarda encore l'enseigne et dit :

« — Ah ! la ! la ! L'enseigne est réussie ! »

Et il entra dans l'auberge.

Le peintre le saisit par les oreilles et lui dit :

« — Je te prends à mon service, mais si tu souffles mot sur l'enseigne, gare à toi !

« — C'est en prenant les gens par les oreilles que vous les faites entrer à votre service. Que ne les tirez-vous à ces mal élevés de républicains ? » répliqua l'enfant d'un air espiègle.

Les communards se rendirent ensuite à la mairie, et le peintre retint le gamin qui voulait les suivre. L'admiration n'eut plus de bornes quand on vit la déesse de la Liberté, une oriflamme rouge à la main, montant à l'assaut d'une ville forte qui représentait, sans nul doute, un centre de réaction. Les plus chauds républicains décrétèrent, séance tenante, que les Frères de la Doctrine chrétienne devaient foi et hommage à la déesse.

Les deux frères furent amenés, pâles mais fermes, dans la salle de la mairie.

« — Saluez la déesse de la liberté, et dites qu'elle sauvera la République.

« — Nous saluons cette déesse qui a déjà sauvé la France, dirent les Frères.

« — Bravo ! » firent les communards.

Et les vénérables Frères se retirèrent le sourire sur les lèvres.

Le peintre s'était moqué des ignorants communards du village : à la mairie, il avait peint Jeanne d'Arc à l'assaut d'Orléans et sur l'enseigne il avait peint le meurtre d'Abel par Caïn. Caïn était en effet le premier communard du monde et ressemblait, sans pouvoir s'y méprendre, au citoyen maire et aubergiste.

Un mois s'était écoulé depuis l'arrivée du peintre au village de X... Notre pauvre et chère France se débattait au fond de l'abîme où l'avaient précipitée les Prussiens ; les communards, le poignard et la torche à la main, achevaient l'œuvre de nos ennemis.

Cependant notre brave armée, guidée par le Bayard moderne, arracha la France mourante des mains de ces bandits. Un homme célèbre prit les rênes du gouvernement ; mais, ce sceptique homme d'État nous donna pour ministre des affaires étrangères cet incapable et satanique bavard qui se disait la loi, l'honnêteté, la moralité et, pour ministre des cultes, à la France étonnée, un homme du 4 septembre !... un homme que les communards vénèrent, un anneau du serpent de l'Internationale ! qui ne croit pas en Dieu et envoie des circulaires aux évêques catholiques ! Mais voyez donc, le sang des otages et des martyrs d'Arcueil n'est pas refroidi !

L'horrible profanation des cadavres encore chauds crie vengeance, et vous êtes faible avec des monstres que Néron et Caligula renieraient peut-être ! Vous protégez les plus coupables, et de votre faiblesse vous rendrez un compte terrible à l'histoire. Après les pages immortelles de l'*Histoire du Consulat et de l'Empire*, vous jetez l'anathème à cette race de géants qui est encore le seul espoir de la France.

II

Le peintre, tout en se moquant des communards, avait conquis leur amitié, mais comme il ne pouvait pas plus longtemps contenir son sérieux, il alla avec le pâtre s'installer à quelques kilomètres du village, dans une forêt voisine où se trouvaient les imposantes ruines d'un château féodal. Ils s'étaient installés de leur mieux dans une grande pièce qui avait conservé ses voûtes et son dallage. Un peu de paille et des couvertures de voyage suffirent pour coucher; la cuisine se faisait au grand air, comme au bivouac, et le pâtre allait chercher des provisions à une exploitation où on lui remettait par complaisance tout ce qu'il demandait.

Souvent l'enfant s'attardait à causer du maître qu'il vénérait; il était quelquefois grondé, car ce temps était pris sur les leçons que lui donnait le peintre, émerveillé de ses aptitudes pour le dessin. Alors l'espiègle enfant, souriant avec finesse :

« — Maître, maître, disait-il, ne grondez jamais quand je reste à la ferme. »

Et il prenait son crayon et travaillait avec plus d'ardeur pour regagner le temps perdu.

Le soir, lorsque le soleil était descendu derrière la montagne, que son dernier rayon de pourpre abandonnait les tours délabrées de l'antique manoir, le pâtre allumait un grand feu dans la cour intérieure et préparait le souper. L'artiste s'asseyait sur un portique effondré et rêvait. Sa figure s'illuminait ; alors on eût dit qu'il conversait avec un génie ; puis il parlait à des êtres invisibles, se levait brusquement, jetait, à la mode écossaise, un châle sur ses épaules et s'enfonçait dans la forêt hantée par les lutins. Il leur parlait, et quand les grands sapins ondulaient sous une forte brise du soir, il écoutait avec délices ces voix mystérieuses ; il aimait à voir les étoiles scintiller au travers des franges des sapins, entendre les mugissements de la cascade lointaine et les hurlements des loups que la lueur de son cigare mettait en fuite.

Le peintre, doué d'une grande force physique, avait voyagé au loin, couché dans les huttes sauvages ou dans les forêts vierges ; plus d'une fois il s'était égaré dans le désert, et jamais il n'avait ressenti le vague effroi qui s'emparait de lui chaque fois qu'il pénétrait le soir dans les solitudes qui entouraient le château. Pourtant, il lui était arrivé de nombreuses aventures, il devait être blasé sur les émotions ; cependant, à peine arrivé à quelques centaines de pas des ruines, il n'osait franchir certains passages. Son imagination affolée croyait voir une ombre sortir d'un immense rocher et lui tendre les bras avec des soupirs. Il fuyait, et, pour se donner du courage, il chantait quelque tyrolienne. Sa voix était belle et bien conduite, et les échos répétaient comme à plaisir ses harmonieux refrains. Il eût frémi de se retourner, car les branches mortes craquaient derrière lui ; alors il appelait le pâtre, qui lui répondait par un cri de chat imité à s'y méprendre.

Lorsque le peintre rentrait dans les ruines, il saluait la flamme comme un sauveur et priait le pâtre de raconter les histoires que le père Mathurin lui avait apprises dans son enfance.

Un jour, pendant qu'il peignait, il avait vu dans le château une ravissante jeune fille qui le regardait dessiner avec une lorgnette ; elle prit la fuite lorsqu'il se retourna. Il pensa involontairement à la vision de la forêt, à la terreur qu'elle lui avait inspirée.

Il questionna le pâtre pour savoir si jamais il avait vu venir quelqu'un dans les ruines ; le pâtre le regarda et dit avec malice :

« — O jamais, maître. »

C'était la première fois qu'il mentait à son bienfaiteur.

Le peintre avait fini son tableau ; il se disposa à quitter les ruines le lendemain et fit ses préparatifs de départ.

Il se leva avec le soleil et parcourut une dernière fois les endroits les plus solitaires de la forêt. Près d'un sentier qu'il n'avait pas encore remarqué, il trouva un nœud de ruban accroché à une branche de houx ; il le prit sans se rendre compte de ce qu'il faisait.

Il suivit le sentier, qui le conduisit à un rocher du haut duquel le regard pouvait plonger dans la cour intérieure du château. Avec une lorgnette, on pouvait voir distinctement. Il gravit le rocher et parvint avec difficulté sur la petite plateforme qu'ombrageait un vieux sureau.

Quel ne fut pas son étonnement de trouver là un album élégant caché sous une pierre pour le préserver de l'humidité! Il s'assit, tira le recueil de son fourreau et le vit presque rempli de dessins d'une fine exécution.

La première page qui frappa son regard fut le croquis d'un artiste arrivant aux ruines suivi d'un petit jeune homme. Quelle ne fut pas sa surprise de reconnaître son image et celle du pâtre! Il parcourut l'album, et, jour par jour, toutes les principales actions de la journée y étaient retracées: prière du matin, dîner, travail et repas du soir; puis, dans une forêt, un homme qui fuyait devant l'apparition d'une jeune fille.

Il ferma l'album, le remit dans son enveloppe et le garda ; et, tout rêveur, il regagna les ruines chéries qu'il allait quitter pour ne plus les revoir.

A peine avait-il franchi la poterne, debout encore comme aux premiers jours, qu'il vit le pâtre arriver tout essoufflé, lui criant :

« — Maître, maître, la Marguerita se meurt ! Aucun médecin à dix lieues à la ronde n'a voulu venir la soigner : elle meurt, et, avant de rendre le dernier soupir, elle veut vous voir et vous parler.

« — Mais je ne la connais pas, ta Marguerita !

« — Si, maître. Tout luron que vous

êtes, elle vous a fait de terribles peurs, dans la forêt.

« — Sait-elle dessiner ? dit le peintre dont une pensée subite traversa l'esprit.

« — On vous dira tout cela là-bas. Venez vite; il n'est que temps, avant qu'elle ne soit plus de ce monde. »

III

Le petit bagage fut vite bouclé et chargé sur le dos ; un dernier adieu aux ruines, et l'on se mit en route.

La curiosité du peintre était surexcitée au dernier point ; il pressentait quelque immense douleur et le laconisme du pâtre l'effrayait encore.

« Comment, se disait-il, lui, si causeur,

si confiant, ne m'a-t-il jamais parlé de cette mystérieuse jeune fille ? C'est vraiment extraordinaire » murmurait-il, et, tout en méditant, il accélérait le pas.

Le pâtre pouvait à peine le suivre et pliait sous le poids des bagages.

Sur l'autre versant de la colline, à quatre kilomètres des ruines, se trouvait une riante vallée ombragée de noyers séculaires. Entre la forêt et les vergers était assis un vaste bâtiment de construction ancienne ; c'était autrefois une maison fortifiée ; des pigeons habitaient alors la tour crénelée qui en avait autrefois défendu l'entrée.

Tout autour de la ferme est un vaste

jardin bien tracé et entretenu avec soin, où de longues allées de noisetiers, de lilas, de charmilles, offrent un abri contre les ardeurs du soleil ; d'un côté était le légumier, de l'autre les parterres, qui tous deux attestaient une culture habile, des ruisseaux, descendant d'une alpestre colline, avaient été aménagés pour les arroser. Dans le verger une vaste pièce d'eau, portait, capricieusement dessinée, une légère gondole vénitienne ; une grotte garnie de stalactites lui servait de port, et les poissons semblaient attendre, au bord du petit lac, qu'une main amie leur jetât la pâture.

A la vue de l'élégante simplicité de cette charmante et solitaire habitation, l'artiste devint tout rêveur et son cœur battit avec force.

Il entra néanmoins dans l'immense cour, où, dans un bassin, jaillissait une source claire et limpide.

Deux monstrueux chiens aboyaient paresseusement comme pour avertir les maîtresses du logis de l'arrivée d'un étranger.

Il s'arrêta : pas un être humain ne parut ; il regarda le pâtre avec des yeux courroucés qui semblaient dire : C'était là, vaurien, qu'il fallait me conduire au lieu d'y venir si souvent seul.

Le pâtre baissa les yeux, déboucla son sac ; le peintre en fit autant et déposa le sien sur le banc de chêne qui se trouvait à l'entrée d'une grande cuisine. Puis il franchit le seuil d'une vaste salle, ornée d'une cheminée moyen âge d'un beau style ; sur ses dressoirs de chêne noircis par les siècles brillait une vaisselle paraissant avoir servi à plusieurs générations.

Une servante courbée par l'âge les salua et montra du doigt une porte ; ils se trouvèrent dans une pièce sombre, éclairée par une petite croisée et qui servait de salle à manger ; la richesse du mobilier paraissait remarquable, autant que le demi-jour permettait d'en juger.

Une porte s'ouvrit, et une femme à la figure pâle et sévère, à la mise simple et de tournure distinguée, vint au-devant du jeune homme et lui dit :

« — Monsieur, depuis huit jours ma fille est malade ; elle s'est mise subitement au lit, sans aucun symptôme précurseur. Je crois à un refroidissement. Aucun médecin n'a pu ou n'a voulu venir (elle appuya sur ces derniers mots) ; le petit pâtre que vous avez eu la bonté de prendre pour élève et qui vous a en grande vénération nous parlait tous les jours de vous, et, souvent, si nous ne l'eussions renvoyé, votre dîner se fût fait longtemps attendre, tant il aimait à redire ce que vous lui avez appris de votre vie.

« Il nous a dit que vous aviez fait de brillantes études en médecine ; que déjà, au village de X..., vous aviez sauvé plusieurs personnes d'une mort certaine. Venez donc, Monsieur, essayer de sauver ma fille. »

L'artiste entra; le pâtre le suivit sur la pointe des pieds et se blottit derrière un grand fauteuil. La jeune fille était couchée dans un lit à colonnes torses qui soutenaient d'épais rideaux de serge verte; la pièce était ornée de meubles antiques et modernes; le goût y présidait de toute part; mais ce qui frappa surtout le peintre, ce fut un chevalet supportant une peinture inachevée des ruines, et, involontairement il pensa au ruban et à l'album. Il s'approcha tout ému du lit de la jeune malade; elle était pâle, ses yeux étaient ternes et sa peau sèche; une croûte noirâtre avait remplacé le corail de ses lèvres et ses ongles rosés étaient d'un jaune cadavérique.

L'artiste, en effet, était un excellent médecin, qui exerçait son art seulement auprès des pauvres. Il fut très-inquiet des graves symptômes qu'il découvrit. Il prit son carnet, écrivit à la hâte une ordonnance et dit au pâtre :

« — Petit, monte à cheval et cours ventre à terre chez le pharmacien. »

Le mal faisant de rapides progrès, il se souvint de sa pharmacie de poche, et un spécifique précieux arrêta pour quelques instants le cours de cette effrayante maladie; le pouls devint plus calme, et l'on put attendre l'arrivée du pâtre pour donner un médicament plus efficace.

Le peintre, conduisant la mère à l'extrémité de la pièce, lui fit part de ses craintes sur la vie de la jeune fille :

« — Il serait temps, dit-il, que vous fassiez venir un prêtre. »

Si bas qu'eût parlé le peintre, l'ouïe délicat de la malade avait tout entendu : triste privilége des mourants, le moindre son retentit à leurs oreilles comme un dernier écho de la vie.

Le front de la mère s'était rembruni aux paroles de l'artiste.

« — Si vous ne pouvez la sauver, dit-elle, je mourrai avec ma fille ! Je ne veux pas lui survivre, puisque tout finit pour nous à la mort.

« — Dieu, dit l'artiste, Dieu, l'auteur de toute chose, peut guérir votre fille. Priez-le.

« — Ne parlons pas de tout cela. Si votre art ne peut rien sur l'étrange maladie de ma fille, nous quitterons la vie ensemble, et mes serviteurs nous recouvriront du même gazon au pied d'un des noyers que vous voyez là-bas. »

La jeune malade, à la voix du peintre, était revenue à elle et avait ouvert les yeux.

« — C'est vous que j'ai aperçu dans la forêt, dit-elle d'une voix éteinte ; venez recueillir le dernier soupir de Marguerita ; il me semble que, près de vous, mon cœur vivra d'une seconde vie. »

L'effort qu'avait fait la jeune fille pour prononcer ces quelques mots l'affaiblit encore ; elle s'évanouit de nouveau.

Le peintre, penché vers le lit, suivait avec une grande attention cette crise redoutable qui pouvait être la dernière.

Soudain il fit ouvrir les croisées, enveloppa la jeune malade dans ses couvertures, la porta près de la fenêtre et la berça dans ses bras comme une mère.

Peu à peu le pouls se réveilla, une légère rougeur colora les joues, les veines du cou se détendirent, la peau perdit de sa sécheresse.

La jeune fille rouvrit les yeux, sourit à son sauveur et dit :

« — Je suis bien comme cela. »

Et elle s'endormit d'un paisible sommeil.

Le peintre regarda la mère.

« — Elle est sauvée, dit-il, Dieu a fait ce miracle; aidez-moi, Madame. »

Avec les plus grands soins, on remit sur son lit la jeune malade, et le peintre descendit pour s'occuper de préparer les remèdes que le petit pâtre venait d'apporter.

« — Je suis certain, maître, dit l'enfant, que vous guérirez la Marguerita. »

Le peintre ne répondit pas ; une grosse larme mouilla sa paupière et il alla tremper sa tête brûlante dans les eaux fraîches du bassin.

Huit jours s'étaient écoulés depuis que le peintre veillait au chevet de la jeune fille qu'il avait sauvée ; mais le mal était tenace et demandait des soins de chaque instant ; aussi l'artiste mettait-il tout son art à le combattre.

Il pressentait un grand mystère dans l'existence de ces deux femmes, en les voyant abandonnées, seules, sans amis, au milieu d'un bien-être voisin de l'opulence... La misère seule éloigne les amitiés dans notre siècle d'égoïsme ; la richesse attire les sympathies du vulgaire ; la pauvreté n'a que le dévouement des grandes âmes.

La maladie suivait son cours et le peintre soignait toujours la jeune fille avec le même dévouement. Sans bien se rendre compte de ce qu'il faisait, il s'était installé à la Maison-Forte comme s'il n'avait jamais dû la quitter. Il avait organisé un atelier dans un des vastes combles et ses récréations se passaient en promenades, surtout au jardin.

Possesseur d'une belle fortune patrimoniale, il aimait à cultiver les légumes et les fruits de sa campagne, et à chaque exposition horticole il avait obtenu des récompenses.

Maintenant il s'occupait surtout des fleurs qu'aimait Marguerita et surveillait ses semis. Il avait fait venir de chez lui des plantes rares et démontrait aux jardiniers les secrets de leur culture avec l'art si difficile de la taille des arbres.

La serre avait été négligée; il la bouleversa de fond en comble, l'agrandit, fit ramasser dans les bois de belles pierres moussues, des rocailles, et une jolie grotte, dans laquelle scintillaient des eaux murmurantes, vint compléter le charme de ce lieu.

Du fond de la grotte, dans une perspective lointaine, on apercevait le château.

« — Vois-tu, dit-il au pâtre, lorsque Marguerita se promènera pour la première fois dans son cher jardin, elle sera heureuse que les ronces ne l'aient pas envahi. Ah! si tous ceux qui font du mal à leurs semblables pouvaient sentir combien il y a de bonheur à leur faire du bien ! Ne l'oublie pas, enfant ! »

Le peintre parcourait souvent l'album qu'il avait trouvé sur la roche de la forêt ; il n'y avait plus de doute, c'était elle, c'était Marguerita qui lui avait causé ces émotions dont il ne pouvait se rendre compte au milieu de ses promenades dans la forêt.

Le pâtre avait tout avoué.

Marguerita aimait la peinture, et lorsqu'elle avait appris la venue du peintre, qu'elle connaissait de réputation, la curieuse enfant s'était fait un malin plaisir de surprendre l'artiste lorsque sa main retraçait la nature. L'émotion et la fraîcheur du lieu l'avaient frappée à mort... Heureusement pour la jeune fille, l'effet du mal fut arrêté par celui qui en avait été involontairement la cause.

Marguerita, qui se rétablissait, quoique lentement, éprouva une grande joie lorsqu'elle vit le peintre achever son tableau des ruines; mais quelle ne fut pas sa surprise de se reconnaître sous la forme d'un ange apportant une branche fleurie à celui qui dessinait les ruines ! Qui donc avait divulgué son secret?...

Et, toute confuse, elle cachait avec ses mains blanches la rougeur de son front.

IV

La démagogie régnait en souveraine dans tous les conseils municipaux de la France et se préparait à achever ce que la Prusse n'avait osé faire. Le village de X... était gouverné par le cabaretier de l'endroit, tailleur aussi à l'occasion.

Bien qu'élevé par les Frères de la Doc-

4.

trine chrétienne, il était leur plus implacable ennemi. Rampant et lâche avec les forts, insolent et arrogant avec les faibles, ce communard avait accablé d'outrages les bons Frères qui, pour fuir les mauvais traitements et sauver leur vie menacée, s'étaient réfugiés dans une ferme hospitalière, en attendant des jours meilleurs. La maison des religieuses avait été saccagée, les orphelines dispersées et les vieillards laissés sans asile. C'est la liberté de l'Internationale, la bourse ou la vie. Et, l'on voit de pauvres et braves ouvriers croire à la mission de cette bête du Gévaudan, qui, lorsqu'elle n'a plus d'ennemis à détruire, dévore ses propres adorateurs... L'histoire de la première et sanglante révolution nous en fournit un triste exemple.

La misère était à son comble au village de X... Les vieillards, les orphelins erraient à l'aventure, couchant un peu partout ; et le cabaret du citoyen maire regorgeait de modernes sans-culottes, de héros dont le patriotisme consiste à laisser mourir leurs semblables de faim ou à les égorger pour finir leurs souffrances.

Une terrible épidémie se déclara : la petite vérole noire et la fièvre typhoïde ; le médecin du village et le vieux curé succombaient à la tâche. Le médecin mourut subitement. Le maire et les conseillers municipaux s'enfuirent avec un remarquable empressement, et les Frères de la Doctrine chrétienne, les religieuses vinrent se mettre à la disposition du vénérable curé. L'église, pour la facilité du service, se convertit en hôpital, et la cure fut affectée aux convalescents.

Nanette, la fille du maire, n'avait pu quitter le village. Son père lui avait enjoint de garder la maison ; alors, elle s'était bravement enfermée chez elle et n'ouvrait sa porte qu'aux étrangers.

La beauté de son visage était l'orgueil et l'unique préoccupation de cette jeune fille, sans aucun principe religieux, et le noble dévouement des filles de Saint-Vincent de Paul passait dans sa tête pour la plus insigne des folies.

Nanette avait conçu une sourde irritation du séjour prolongé du peintre à la Maison-Forte. Furtivement, elle était partie quelquefois de grand matin pour épier le peintre. Elle l'avait vu, mais jamais elle n'avait osé l'aborder, tant il lui inspirait de crainte; elle était toujours revenue de ses visites matinales encore plus irritée et faisait publiquement des vœux pour que la belle et riche Marguerita mourût.

Ce fut avec une grande joie qu'elle apprit la mort du pauvre médecin du village ; l'occasion était bonne pour arracher le peintre de la Maison-Forte.

Nanette courut chez le curé et lui révéla les talents médicaux du peintre ; le vieux prêtre fit le signe de la croix sur le front de Nanette, en lui disant :

« — Dieu te bénira, mon enfant, pour cette bonne action. Viens un peu voir quelque fois ton vieux curé. »

Et, sans perdre un instant, il prit son chapeau et son parapluie et se rendit, un peu en tremblant, à la Maison-Forte. En route, il fortifia son courage par de bonnes prières à la sainte Vierge, le secours des chrétiens.

Le peintre reçut parfaitement le vénérable pasteur et lui promit que bientôt il irait s'installer de nouveau au village; mais il fut grandement surpris du refus énergique que lui fit le curé de monter voir la jeune malade :

« — Une autre fois, mon ami. Nous causerons de cela à la cure. »

Le curé, prenant prise sur prise, épuisa sa vaste tabatière, s'esquiva et courut jusqu'à ce qu'il eût perdu de vue la Maison-Forte.

Le peintre remonta pâle et triste auprès de sa chère malade; de noirs pressentiments troublaient son cœur.

Qu'y avait-il de sinistre sur cette maison pour que le vide se fît autour d'elle, pour que le curé, père de ceux qui souffrent, ne voulût point franchir ce seuil, comme s'il eût été maudit?

De grands malheurs avaient dû passer par là, et sa pensée s'égarait en conjectures; il regrettait d'avoir connu

Marguerita. Il ne voulait plus revenir ; mais pouvait-il l'abandonner ? Elle avait encore besoin longtemps de ses soins, comme un enfant nouveau-né a besoin du sein de sa mère.

Ailleurs l'appelait un devoir impérieux, il ne pouvait hésiter ; ici, la convalescence ne réclamait pas sa présence continuelle ; mais son cœur était attaché à ce chevet où languissait cette jeune fille qu'avec peine il avait arrachée à la mort. Comme médecin, il devait achever son œuvre, car l'exercice de la médecine est aussi un sacerdoce, surtout quand l'art est guidé par des sentiments religieux.

Depuis quelques jours, Marguerita pouvait s'asseoir sur son lit et tout faisait espérer qu'aucune rechute fâcheuse ne viendrait retarder une guérison prochaine.

Le peintre, avant de partir, pendant que Marguerita dormait, avait mis son tableau sur un chevalet de la chambre de la jeune fille. Quand elle se fut reconnue, idéalisée par le pinceau du maître, sous la forme d'un ange apparaissant au milieu des ruines, des larmes coulèrent de ses yeux et une vive rougeur colora ses joues.

« — C'est trop flatteur, lui dit-elle, de me représenter sous cette image mythologique. Comment répondre à tant de bonté pour une pauvre jeune fille que vous connaissez à peine ? »

Brisée par l'émotion, elle renversa sa belle tête sur son oreiller et reprit :

« — Vous me rendez trop heureuse. On dit que trop de bonheur convie autour de vous des génies malfaisants. Qu'ils viennent ! J'ai été assez heureuse pour mourir !

« — Non, dit-il, vous ne mourrez pas. Quand Dieu appelle avant l'âge une de ses servantes, c'est qu'il veut au Ciel un ange de plus ; toujours ses desseins sont admirables. Quelquefois il envoie sur la terre des âmes suaves pour y faire briller, pendant leur court passage, quelques reflets de sa bonté, appeler ses faveurs et fléchir sa justice ; d'autres fois encore, il permet que les créatures les plus parfaites souffrent, afin de montrer aux méchants comment on parvient à gagner les félicités éternelles ; mais les méchants disent qu'il n'y a point de Dieu, que les jouissances matérielles sont seules vraies. Oh ! ils étouffent leur conscience pour persister dans le mal qui conduit aux ténèbres éternelles. Je vais partir, Marguerita, peut-être ne me reverrez-vous plus. Je vais au village combattre un terrible fléau. Le devoir m'y oblige ; j'ai juré, quand j'ai été reçu docteur, de me dévouer aux malheureux toutes les fois qu'ils réclameraient mon secours. Si je suis emporté par le mal, je vous reverrai au Ciel. »

Marguerita s'était soulevée sur sa couche, sa main supportait sa tête un peu lourde. Elle regardait l'artiste et lui dit :

« — Votre langage m'étonne, mon cher sauveur. Vous me parlez toujours de Dieu comme s'il existait. Je croyais qu'il avait été inventé pour les ignorants. Jamais le professeur d'université auquel je dois mon instruction ne m'en a parlé que comme une des plus monstrueuses inventions humaines ; et quand je vois un homme comme vous, possédant tant de science, parler de Dieu avec tant de conviction, que dois-je croire ?... Cependant, voyez la majorité de l'Académie, elle n'y croit pas !... L'Université presque tout entière sourit au mot religion !... Éclairez-moi, je ne demande qu'à aimer, mon cœur déborde. Apprenez-moi à connaître votre Dieu. Sous quelle image dois-je l'adorer ? Parlez, je vous écoute. »

Le peintre s'était levé et contemplait avec effroi cette belle créature qui se croyait sans âme. Il regardait aussi la mère, et jamais il n'avait remarqué son air sec et aride. Il la vit comme un terrain pierreux où la semence ne peut germer. La foi n'éclairait pas ses yeux, ce miroir de l'âme, et la jeunesse avait fui depuis longtemps pour faire place à une dureté implacable.

La mère qui n'est pas chrétienne ne sait pas aimer ses enfants ; et, comme la bête fauve, elle oublie bientôt celui ou celle qu'elle a porté dans ses flancs, pour ne voir qu'un ennemi qui lui dispute la pâture, car le désert aura un hôte de plus.

Que seraient les hommes sans la religion et l'espérance en Dieu? En plein dix-neuvième siècle, les monstruosités de la Commune nous l'ont appris. Pourquoi les crimes de l'antiquité ont-ils été dépassés par les barbares modernes? c'est qu'ils ne croyaient pas en Dieu!

Le peintre oubliait les malades du village. Avant de partir, ne voulant pas laisser sa protégée dans le néant, il lui dit :

« — Ah! Marguerita, ma chère Marguerita, ne blasphémez pas ainsi. Les lèvres d'une jeune fille ne doivent que prier, chanter ou bénir. Vous êtes comme ces plantes élevées à l'ombre : elles croissent, grandissent, mais bientôt s'étiolent. La foi est à la jeune fille ce qu'est le soleil à la plante ; c'est elle qui nous fait supporter les souffrances de cette vie en nous donnant l'espérance d'une vie meilleure. Vous croirez, Marguerita, parce que votre âme et votre cœur sont purs, et la pureté du cœur, c'est le chemin qui mène au bon Dieu. Et, quand l'eau sainte aura purifié votre front, vos yeux s'ouvriront à la vérité, car aujourd'hui les ténèbres les obscurcissent. Vous languissez, enfant ; la vie ne circule pas dans vos veines, car jamais encore vous ne vous êtes assise au banquet sacré. Ah ! c'est alors, alors seulement que vous vivrez. Jusqu'ici vous n'avez pas vécu ; vous êtes une belle plante, la manne du Seigneur seule peut faire épanouir votre âme. Rien ne vous a donc révélé une autre vie ! Votre cœur ne vous a donc pas fait sentir ce quelque chose de mystérieux qu'on ne peut définir ? Si vous aviez aimé, vous connaîtriez Dieu, car le sentiment pur d'un cœur pour un autre nous vient de lui, et on le nomme l'amour. Tenez, quand je suis entré dans cette chambre et que je n'ai pas vu une seule image de Dieu, que je n'ai pas entendu une seule parole de prière, j'ai pris froid au cœur et j'ai prié pour vous ; et ce sont plus mes prières que ma science qui vous ont sauvée... Pour accoutumer vos yeux aux choses saintes, je vous ai fait un tableau que vous ferez placer au pied de votre lit. »

Et prenant le tableau, il le découvrit :

« — Voyez, le Christ est sur la croix ; la Vierge Marie prie, et Madeleine, sous les traits de votre mère, prie aussi. Voilà, Marguerita, un talisman qui ne vous fera jamais défaut dans les jours de peine. »

Le peintre était à genoux devant le lit, et Marguerita ouvrait les oreilles et les yeux comme s'ils avaient entendu et vu pour la première fois.

Des larmes coulaient sur les joues de la mère.

L'artiste, saisissant une main de la jeune fille, lui dit :

« — Vous croyez, maintenant. Votre

âme ne s'est-elle point réveillée et votre cœur n'a-t-il pas battu aux accents convaincus de celui qui vous aime et qui vous supplie d'unir votre vie à la sienne. Je ne me troublerai plus à la vision de la forêt, car vous serez maintenant environnée de lumière. Nous marcherons dans le sentier de la vie, appuyés l'un sur l'autre, et les tempêtes qui gronderont sur nos têtes passeront sans nous atteindre. »

Marguerita n'osait pas encore croire à son bonheur ; tour à tour elle regardait sa mère et le peintre.

« — C'est le Ciel que vous venez de me faire entrevoir, dit-elle, je veux bien le partager avec vous. »

La mère aurait voulu se livrer à la joie,

mais une invincible tristesse s'emparait d'elle à la vue de ces deux jeunes gens que le bonheur semblait appeler ; elle seule connaissait la marque d'ignominie marquée sur ce front pur.

« Ah ! si l'amour lavait cette ignominie, comme le baptême lave le péché originel, alors je pourrais croire à Dieu, à la puissance de sa religion, » pensait-elle en écoutant sa fille qui disait au peintre :

« — C'est pour l'amour de votre Dieu que vous vous dévouez à ceux qui souffrent, à ceux que vous aimez. Moi aussi, je veux être chrétienne pour que vous m'aimiez toujours. Mais jurez-moi, par le Dieu que vous venez de me faire connaître, que rien, rien au monde ne pourra vous faire manquer à votre promesse. »

Et la jeune fille appuya sur chacune de ces dernières paroles.

Marguerita mit ses deux mains dans celles du peintre, qui les serra sur son cœur.

« — Ma mère, s'écria-t-elle, tu crois aussi maintenant. Viens nous bénir, en attendant que Dieu sanctionne cette union ! »

La mère de Marguerita étendit les mains et les deux jeunes gens furent fiancés.

V

Il y avait un mois que le peintre faisait des efforts désespérés pour combattre les deux redoutables épidémies qui continuaient leurs ravages.

L'église regorgeait de malades ; le vieux curé, les Frères de la Doctrine chrétienne, les religieuses luttaient de zèle et de charité ; mais une calamité nouvelle allait se faire sentir : les ressources étaient sur le point de manquer.

Le curé avait épuisé jusqu'au dernier centime de son patrimoine. La mère de Marguerita avait déjà envoyé toutes les provisions et le linge de sa demeure et n'avait gardé que le strict nécessaire ; elle fit porter au curé toute son argenterie ; mais il y avait plus de deux cents malades, car ceux des environs venaient aussi réclamer des secours.

Ce fut alors que le peintre, pour faire face aux nouvelles dépenses, vint demander à sa belle fiancée un grand sacrifice.

« — Vous avez, lui dit-il, des frères qui souffrent, donnez-moi votre tableau des ruines et mon calvaire, je les vendrai à un seigneur russe qui est à Genève. Les Russes sont bons et compatissants à nos maux ; je pourrai avoir un prix élevé de ces œuvres, heureux qu'elles aient quelque valeur artistique. »

Marguerita pleura et donna les deux tableaux.

Le peintre contempla sa fiancée avec attendrissement et sortit d'un riche écrin un chapelet dont la croix d'or renfermait une parcelle du bois de la vraie croix ; cette précieuse relique était un présent du vénéré Pie IX.

En le passant au cou de sa fiancée, il lui dit à l'oreille :

« — Avec un pareil talisman, on s'aime

toujours ; ces grains bénis conduisent vers le Ciel. »

Vers le midi d'une belle journée, Marguerita, appuyée sur le bras de son fiancé, fit sa première sortie. Elle sentait ses forces revenir, et déjà, en essayant ses premiers pas dans sa chambre, les croisées ouvertes lui avaient permis de découvrir et d'admirer avec étonnement les nouveaux aménagements du parterre.

Le petit pâtre, qui parfois lui tenait compagnie, lui avait dit :

« — Le maître vous prépare des surprises. »

Mais la réalité dépassait l'espérance ; le jardin avait subi une transformation merveilleuse.

Après avoir tout vu, tout admiré, les fiancés se reposèrent sous un bosquet d'où pendaient des pampres vermeilles et des fleurs odorantes. Les chants des oiseaux ajoutaient à ce lieu un charme de plus. Un rossignol saluait par ses accents mélodieux la première promenade de Marguerita. Plus loin, une fauvette se fit entendre dans une touffe de lilas.

Les deux fiancés s'approchèrent sur la pointe du pied ; la fauvette chantait toujours ; le bruit des pas, le mouvement des feuilles ne la firent point partir. Mais, en entr'ouvrant les touffes, les jeunes gens découvrirent le petit pâtre qui imitait à s'y méprendre le chant des oiseaux.

« — Tu sais donc tout faire, petit bambin ? dit Marguerita en frappant gracieusement sur la joue de l'enfant.

« — Oui, dit-il, et je vais vous aimer bien davantage depuis que j'ai appris que vous allez être la femme de mon maître.

« — Qui t'a fait cette histoire ? dit Marguerita rougissante.

« — J'ai entendu votre femme de chambre l'assurer à la cuisine.

« — Alors, petit espiègle, puisque tu sais tout, conduis-nous un peu en barque avant que je regagne ma chambre. »

Quelques instants après, le pâtre, qui s'amusait souvent à manœuvrer la barque, remplit sa tâche avec une dextérité remarquable.

« — Que je suis heureuse ! disait au

peintre Marguerita. Votre Dieu, qui est aussi le mien, je vous l'assure, me comble de tant de faveurs que je veux l'aimer beaucoup, l'aimer toujours !... Je ne croyais pas qu'il fût si facile de marcher dans cette voie. Je me sens plus calme; mes idées sont devenues plus nettes, mes pensées plus élevées, mon cœur plus satisfait. Et si dans mon esprit s'élève quelque doute, je fais une prière, et, comme un rayon de soleil dissipe les nuages, de même la lumière se fait en mon âme. Combien ceux qui ne savent pas prier sont à plaindre! Des horizons nouveaux s'élargissent devant moi; j'entrevois les félicités célestes, mon cœur y aspire et s'élance vers l'amour infini qui nous y appelle. Je commence à comprendre les sublimes dévouements des saints, de ces vierges magnanimes qui, avec la grâce et l'esprit du bon Dieu, surmontent toutes les fatigues, bravent tous les dangers. Voilà pourquoi les sociétés perverses et leurs doctrines, émanation de l'enfer, veulent détruire la religion du Christ, qui apprend aux pauvres déshérités à souffrir les maux présents dans l'espoir des récompenses éternelles, prix de leurs longues souffrances. Je comprends aussi les revers de notre chère patrie. Avec la foi qui transporte les montagnes, elle était forte; sans la foi, elle devint faible; son drapeau, que ne protége plus le glorieux vieillard du Vatican, ne la conduit plus à la victoire, et les malheurs la frappent de toutes parts... Si je vous perdais, je me consacrerais aux pauvres, ce serait le chemin pour vous retrouver au Ciel. Partez, retournez au village jusqu'à la fin du cruel fléau, alors vous reviendrez avec le bon curé et vous préparerez votre néophyte à devenir une vraie chrétienne. »

Il y eut un long silence où leurs regards continuèrent l'expression de leurs pensées, de leurs sentiments, puis ils quittèrent la barque.

Marguerita regagna sa chambre et son fiancé le village.

Quelques jours après, ainsi que l'artiste l'avait espéré, ses deux tableaux furent acquis par un grand seigneur russe. Connaissant le but de l'artiste, il les paya princièrement. Dans cette opulente aristocratie se trouve toujours une sympathie pour la France.

Le bon curé se voyait riche; il put panser bien des plaies, ramener la joie et l'aisance dans bien des familles; c'était la manne du bon Dieu. Aussi l'épidémie fut attaquée dans ses derniers retranchements.

Les maisons du village furent toutes reblanchies à l'intérieur, les rues assainies; et, quelque temps après, l'église vit le dernier malade évacuer son enceinte.

Lorsqu'elle fut purifiée, le curé célébra

un service solennel d'actions de grâces pour remercier Dieu d'avoir délivré le village de ce fléau dévastateur.

VI

Plusieurs mois s'étaient écoulés depuis que l'armée de Bourbaki, vaincue après d'héroïques combats, avait vu ses soldats mourants de faim et de froid se disperser en désordre et porter la maladie au village de X... Triste défaite causée par la criminelle incurie, le fatal orgueil du cyclope communard, de Pipe-en-Bois et de tous ces tristes gouvernants de cabaret que la France a le droit d'attacher au gibet de l'histoire.

Toute trace d'épidémie avait disparu. Le peintre était heureux : son rude et dangereux labeur était terminé, sa bonne œuvre accomplie. Il allait quitter le village ; mais il ne put résister à la prière du vieux curé, qui lui avait demandé de reproduire, par une peinture murale, les tristes événements qui avaient désolé sa paroisse ; il voulait que les générations futures pussent admirer le dévouement des religieuses et des Frères instituteurs. L'artiste se mit à l'œuvre et fit une composition magistrale ; il travaillait avec une fiévreuse ardeur pour abréger son exil, ne voulant retourner à la Maison-Forte que libre de toute préoccupation, pour jouir d'un repos mérité.

La fresque fut achevée; on y retrouvait tous ceux qui s'étaient dévoués : Marguerita offrait au curé un tableau et une bourse remplie d'or ; l'ancien médecin était représenté mourant auprès des malades qu'il soignait ; mais celui qui l'avait remplacé avait su s'oublier.

Le peintre venait de faire ses adieux au curé; il était, le soir, accoudé seul sur la table de l'auberge, comme au premier jour de son arrivée.

Le père Mathurin ne se chauffait plus... Il était tombé victime de son dévouement à ensevelir les morts.

Nanette, la fille du cabaretier, avait un air soucieux et regardait le peintre à la dérobée pendant qu'elle mettait le couvert. Elle avait tiré de la grande armoire du premier étage une belle nappe à fleurs, des verres ciselés, des assiettes à devises et à personnages ; deux chandeliers plaqués furent garnis de bougies avec des bobèches en papier rose. Tout était en œuvre pour faire dignement les adieux au pensionnaire de l'auberge ; mais le peintre ne regardait pas les préparatifs de Nanette. Sa pensée était à la Maison-Forte. Il était tout joyeux d'aller surprendre ses habitants, qui ne l'attendaient pas encore, et jouissait par avance du bonheur de leur surprise.

Nanette, voyant le peintre toujours plongé dans sa rêverie, ferma la porte avec fureur et mit la clef dans sa poche.

Puis, s'avançant, les bras croisés, vers le peintre, et contenant à grand'peine sa colère, elle dit :

« — Mon souper est mauvais, Monsieur le difficile ; le couvert n'est peut-être pas assez beau pour votre majesté ? Il ne vaut pas celui de la Maison-Forte... On a fait de son mieux, pourtant.

« — Mais c'est très-bien, Nanette, vous êtes une bonne fille ; vous m'avez toujours très-bien soigné ; je rends justice à votre zèle, à votre complaisance pour moi ; aussi je vais manger avec plaisir votre excellent souper. »

Et il découpa ses mets, mais il ne put manger.

Les bougies, par leurs lueurs incertaines, laissaient presque la pièce plus sombre que la lampe fumeuse des autres jours.

Nanette se mit à table en face du peintre et le regarda dans les yeux; cet homme courageux, qui avait si souvent bravé la mort dans ses longs voyages et qu'une épidémie redoutable n'avait pas fait trembler, avait peur de cette jeune fille coquettement vêtue, qui le regardait avec une insolente provocation.

« — Vous êtes encore un aristocrate; je ne l'aurais jamais cru quand le premier jour vous êtes venu à la maison; j'aurais dû me méfier et comprendre qu'une pauvre fille du peuple n'est pas quelqu'un pour vous.

« — Nanette, dit le peintre étonné de la tournure que prenait la conversation, la preuve que je vous ai en estime, c'est que j'ai fait votre portrait, dont je veux vous faire présent comme souvenir de vos bons soins pour moi ; et jamais je ne reviendrai dans le pays sans venir goûter les bons pâtés que vous savez si bien faire.

« — Bah ! je sais tout, dit Nanette ; je sais que vous vous êtes laissé ensorceler par des gens que vous ne connaissez pas, parce que ce sont des aristocrates. Elles sont gentilles, vos amours ; savez-vous qu'on fuit cette maison comme la peste ?

Qu'a-t-on à me reprocher à moi ? J'aime à danser dans les fêtes du village : mais on danse bien dans vos salons, et les épaules nues, encore, ce que nous n'oserions pas faire ? C'est donc le rang que vous cherchez ? Eh bien, sachez qu'il n'en existe plus. Le niveau de la Commune a déjà passé sur Paris, comme il passera sur le reste de la France. J'ai reçu une lettre de mon père qui a été nommé colonel de la garde révolutionnaire. Chacun son tour. Il me dit qu'on ne laissera pas un curé, pas un noble ; qu'ils fumeront nos terres pour les rendre plus fertiles. Vous seriez en sûreté avec moi, et celle que vous aimez, quoiqu'elle soit tarée, sera raccourcie... Mais non..., comme mon père sera le maître du département, j'en ferai ma femme de chambre!... Elle en souffrira plus que de mourir... Je saurai me venger, si vous me dédaignez. Je commencerai par faire flamber l'église, parce que vous y avez fait un tableau... Réfléchissez : nous sommes les plus forts, et, puisque un grand diplomate a dit que la force primait le droit, j'ai la force et je m'en servirai. »

Le front du peintre ruisselait d'une sueur froide; il ne pouvait comprendre qu'une jeune fille aussi jolie, avec un air si doux, eût, si jeune, des idées aussi féroces, l'âme aussi noire. Il ne pouvait le croire encore.

C'était le fruit des mauvais principes

que lui avait donnés son père, des conversations de chaque jour; et l'aiguillon d'une féroce jalousie centuplait les vices de l'éducation.

Quels périls la société courait à cette heure! Que le mal était grand! Car tout ce qu'avait dit la jeune fille devait être vrai.

Le peintre, effrayé des maux que l'hydre communarde préparait à la France, oubliait pour un instant ses angoisses personnelles. Il songeait comment il pourrait faire servir au salut de la patrie les révélations de la fille de l'aubergiste, quand celle-ci l'interpella et dit :

« — Regardez-moi, je n'ai pas l'air d'un monstre. J'ai lu dans vos yeux : vous avez peur de moi... Allez, je vais vous prouver que je ne suis point méchante. Je veux vous sortir de l'abîme où votre cœur vous a jeté. »

Le peintre frissonna ; il prévoyait un malheur, et une terreur secrète lui faisait dresser les cheveux. Il regarda la jeune fille d'un air suppliant et lui dit :

« — Grâce! mon enfant... Ne me torturez pas. Je ne vous ai jamais fait aucun mal, ni même dit une parole qui puisse vous blesser.

« — Ah ! c'est ce que je vous reproche, c'est le mépris de ma personne, moi, la plus belle du canton... Ma beauté vous laisse insensible... Ah! nous verrons bien qui se repentira le premier. Ah! vous me méprisez !... Peut-être changerez-vous d'avis, sachez-le... Vous êtes mon prisonnier, et vous ne sortirez pas d'ici que vous ne m'ayez juré de ne plus retourner à la Maison-Forte... Oui, vous êtes mon prisonnier. Nos hommes veillent à toutes les portes, et, sur un signe de moi, ils vous tueront.

« — Je ne jurerai jamais ! s'écria le peintre se révoltant de toute sa fierté. Je ne crains rien de tes communards assassins, ils sont lâches. Un homme de cœur les fera toujours reculer. Ils sont courageux pour attendre un homme dans l'ombre, voilà leurs exploits. Tu peux parler, fille imprudente, je suis assez fort pour tout entendre. Parle, tu ne changeras rien à mon amour pour Marguerita. Si tu as le diable pour toi, Dieu est avec nous... Parle donc! » cria-t-il de nouveau d'une voix de stentor qui produisit des sons lugubres dans la caisse de la vieille horloge.

Nanette se leva aussi et toisa le peintre d'un regard haineux :

« — Tu veux savoir, dit-elle d'une voix tremblante de rage et d'amour blessé, sois satisfait ; mais il te faut du courage, tiens, bois. »

Et la jeune fille versa un verre à pleins bords et le présenta au peintre, qui le refusa.

« — Eh bien, moi, je bois à ta folie! car tu vas devenir fou quand je t'aurai révélé le mystère de la naissance de celle que tu aimes et que j'exècre. »

Et la fille du communard vida d'un trait la coupe ciselée; puis, les lèvres rougies par le vin, elle regarda le peintre et dit :

« — Écoute ma petite histoire :

« Il y a quinze ans, un homme à la tournure distinguée, comme vous dites-vous autres, arriva à notre auberge avec une femme, une petite fille et quatre domestiques piémontais; au bout de quelques jours, il acheta la Maison-Forte et le vaste domaine qui en dépend; la Maison-Forte fut réparée et meublée et la propriété remise en état. Cette famille vivait retirée, sans jamais voir personne; lui s'occupait de l'exploitation de ses terres, à laquelle il était très-entendu, créait des vignes et des prés et chassait ensuite dans la forêt qu'il avait loué très-cher à l'État. Il n'était presque jamais à la maison et se fatiguait sans cesse comme pour chasser des fantômes. Un jour, un lièvre qu'il poursuivait se déroba derrière une masse de pierres sur laquelle était une statue de la Vierge très-vénérée dans le pays ; il perdit son lièvre. Furieux, il se rendit chez lui, prit un fusil à balle et un marteau, tira plus de vingt coups de fusil sur la statue et, avec son marteau, acheva de la mutiler. Des paysans, attirés par le bruit, accoururent ; ils voulurent défendre l'objet de leur vénération. Deux d'entre eux furent tués par le maître de la Maison-Forte. Il n'y avait pas de témoins, il revint tranquillement chez lui.

« Quelques jours après, un homme de mauvaise mine vint trouver de grand matin le maître de la Maison-Forte et lui dit :

« — Je veux vivre chez toi, à ta table ; j'ai tout vu l'autre jour ; ne me « reconnais-tu pas ?... Tu es riche et « moi pauvre ; je mendie et nous étions « compagnons de chaîne au bagne napolitain... Cinq ans de fers... tu sais... « pour crime de mœurs... Et on dit que « tu as enlevé de nouveau ta victime « qui passe pour ta femme et que tu la « caches ici. Je garderai le secret, mais « je veux, je te l'ai dit, avoir place

« à ta table... Diable! tu es avec la fille « naturelle du prince de X... Voyons, « une petite place pour moi, ou je parle.

« — Viens, que je t'habille convenable- « ment, » dit le maître de la Maison-Forte; et il le fit entrer dans un cabinet. A peine la porte fut-elle fermée qu'il bondit sur son compagnon de fers; une lutte s'engagea... Il le tua, mais reçut aussi une profonde blessure qui le fit mourir quelques jours après.

« Le crime fit grand bruit. L'ambassade napolitaine fit étouffer l'affaire; le coupable était mort. On sut seulement qu'il n'avait jamais été marié, que la jeune fille n'était pas baptisée et avait été élevée par un vieux professeur de l'Université, qui ne croyait pas en Dieu... Tu as écouté mon histoire, tu sais que celle que tu aimes est la fille d'un assassin, d'un galérien... »

Après l'horrible histoire que le peintre venait d'entendre, il fut un instant anéanti ; il se croyait sous l'empire d'un cauchemar.

Mais un éclat de rire de la jeune fille le rappela à lui ; il bondit vers elle, la souleva dans ses bras pour la jeter contre le mur et l'écraser; mais il la laissa retomber doucement, et changeant de ton :

« — Dites-moi, mon enfant, s'écria-t-il, que tout ce que vous venez de me raconter n'est pas vrai. Dites-le moi vite, c'est une épreuve que vous avez voulu me faire subir ; répondez, ce n'est pas vrai, s'écria le peintre éperdu. Tu m'as trompé, oui, tu m'as trompé, parle donc car je vais en mourir. Détrompe-moi, et je t'immortaliserai sur la toile. Je suis peintre, crois-moi, je ne mens jamais ; c'est la douleur qui fait que j'ose parler de moi, mon pinceau est une puissance.

« — Comme il l'aime ! s'écria-t-elle.. Plus que jamais j'affirme que ta Marguerita est la fille d'un galérien. Tu peux partir... Vas lui raconter aussi le secret de sa naissance ; si elle ne le sait pas, elle l'apprendra de ta bouche, car, malgré toi, le mépris envahira ton cœur ; si ce n'est pas aujourd'hui, ce sera demain ou après-demain. Retourne vers elle, je ne m'oppose plus à ton départ ; il faut qu'elle connaisse aussi ton mépris, sans cela, je l'aurais déjà tuée de mes mains. Vas, et, si tu l'épouses, le jour de vos noces vous aurez une belle musique, vous entendrez sans cesse retentir les coups de fusil et les coups de marteau sur la croix de la mission... Pars, ton amour est empoisonné... Goutte à goutte, j'ai versé le poison dont je me délectais moi-même... Et si ce n'est pas assez, si ta folle passion résiste à mes révélations, j'ai un moyen extrême mais infaillible... De celle que tu aimes je ferai un monstre... je brûlerai son visage avec du vitriol !... »

Tant de scélératesse dans une si jeune fille anéantit les forces du peintre ; il s'affaissa sur lui-même en répétant sans cesse :

« — Mon Dieu, mon Dieu, sauvez-la ! »

Et la fille du communard traîna dans la rue le peintre évanoui et referma violemment la porte derrière lui en blasphémant.

VII

La nuit était noire, aucun pas ne résonnait sur le pavé de la grande route qui traverse le village ; onze heures sonnaient à la cloche fêlée du beffroi.

Deux lanternes brillèrent dans une ruelle étroite, un son discret et argentin retentit; une voix grave récitait une prière ; c'était le vénérable curé qui venait de porter les secours de la religion à un fidèle qui se mourait. Les lanternes éclairèrent un homme étendu au travers de la route.

Vite, le vieux curé accéléra le pas vers l'église pour déposer le vase sacré qui avait contenu le corps du Rédempteur et revint, suivi de deux enfants de chœur, porter secours au malheureux.

Quel ne fut pas son étonnement en reconnaissant le peintre !

Une sinistre pensée traversa son esprit. Il regarda l'auberge avec colère ; une lumière y brillait encore.

« — Il y a là quelque mystère, » dit-il.

Et il donna les soins les plus tendres

à son cher ami, qui reprit ses sens, et appuyé sur le bras du curé et sur l'épaule d'un enfant de chœur, regagna péniblement la cure.

Quand le peintre eut été couché dans un lit bien chauffé et eut pris un cordial réparateur, il raconta au curé la scène de l'auberge et les engagements solennels contractés avec Marguerita.

Le curé fit un mouvement de surprise et se promena lentement, comme plongé dans de pénibles réflexions. Puis, s'arrêtant tout à coup, il dit :

« — Bien grave, bien grave!... Je bénis Dieu de vous avoir conduit dans mon village, où vous avez rendu de si grands services; mais l'esprit du mal vous a tendu des embûches. Avez-vous été assez prudent, mon fils ? N'est-ce point la passion seule qui a parlé en vous. La passion, désir impur inspiré par le démon, saisit chaque créature par son côté faible : aux hommes sensuels et grossiers elle se présente dans sa nudité ; les autres, elle les attire en s'entourant de fleurs aux senteurs perfides. Pour séduire l'âme pure, elle reflète des couleurs poétiques, afin de ne point alarmer la conscience. Mais le précipice couvert de fleurs est-il moins dangereux ? Que de jeunes gens prennent le mirage pour la réalité, l'écho pour la voix ! La sagesse et la prudence n'ont point éclairé leur choix. L'œil clairvoyant d'un père, d'une mère, découvre ce qu'un enfant ne saurait même soupçonner. Le bonheur dans le mariage n'est durable que lorsqu'il a été préparé par la raison. Voyez dans la nature, lorsque la science horticole cherche à altérer ou changer ce que Dieu a créé. On fait des greffes sur des essences incompatibles : la première année, il y a des pousses vigoureuses, et puis, lorsque les intempéries attaquent cette plante qui devait naître et croître dans d'autres climats, elle en subit l'influence, s'altère et dépérit, ou redevient sauvage. Combien il y a d'espérances de bonheur pour des époux dont les familles sont unies par les mêmes sentiments religieux, les mêmes relations, et qui relèguent la question de fortune au dernier plan. Un cœur ne doit pas s'acheter, mais se donner. Beaucoup, pour avoir violé les saintes lois de la famille, résisté aux volontés paternelles, ont vu s'évanouir bientôt quelques jours de bonheur dans des années de tristesse. Le bonheur, mon fils, ne s'apprécie bien que sur le soir de la vie, quand les folles ivresses sont passées, quand le calme est venu apporter la sagesse de la réflexion... On sait que dans les veines de ses enfants coule un sang pur et irréprochable... Alors on bénit le père qui vous a aidé de ses conseils. L'amour paternel est clairvoyant.

« Mon fils, malgré votre prudence

et votre expérience de la vie, vous vous êtes laissé prendre. Vous êtes artiste, je ne l'oublie pas, et je sais que, dans la sphère des arts, les allures se dégagent de certaines entraves. La vie du vulgaire ne saurait vous suffire. Mais ne vous préoccupez pas de tout ce que le démon fera miroiter à vos yeux pour vous faire croire que vous êtes engagé. Réfléchissez, priez, et si Dieu vous a établi le sauveur de cette jeune fille, attendez, attendez encore pour conclure, car le temps mûrit, bonifie ou détruit bien des choses. Vous resterez quelques jours avec moi, vous prierez ; la prière éclairera la route que vous devez suivre. Ah ! je comprends votre entraînement, la jeune fille est belle, trop belle peut-être. Une brillante fleur exhale un suave parfum, toutes les mains se tendent pour la cueillir. Sans doute, ce serait un beau triomphe de ramener deux âmes à Dieu ! Veillons, veillons. Comme dans le paradis terrestre, le serpent se cache sous les fleurs. Vous avez besoin de repos, mais laissez-moi, mon fils, vous dire encore quelques vérités d'une grande importance. Que n'avez-vous vu comme moi les inconvénients de certaines éducations, surtout pour les jeunes filles ! C'est de là peut-être que naîtra pour vous le plus grand écueil dans le cours de la vie : cette éducation reparaît toujours, comme les plantes parasites. Lorsqu'on a sucé le lait corrompu de ces maîtres *libres penseurs*, on est marqué au front du sceau de l'orgueil et de la sécheresse de cœur ; c'est l'amour de soi qui est le fond de cet enseignement sceptique ; on exalte l'esprit et la science de l'homme pour abaisser Dieu, que dis-je ? pour le renier. Le tentateur, lorsqu'il voulut précipiter dans l'abîme le premier homme, lui dit : « Si tu fais *cela*, tu seras « semblable à Dieu. » Et que font donc aujourd'hui les philosophes libres penseurs, les écrivains athées ? ils disent à l'homme, à l'enfant même : « Tu es dieu, tu ne relèves que de toi-même. » Et, pour ces philosophes, la science n'est pas la science, si elle est éclairée par la religion du Christ.

C'est ainsi qu'on égare les jeunes gens des écoles, qui n'ont plus pour guide que leurs passions. Comment s'étonner alors que ce siècle ait vomi les monstres de la Commune, fils de la philosophie libre penseuse? Je ne voudrais pas attrister votre cœur, mon fils, mais je dois tout vous dire, car de cette heure solennelle dépend votre bonheur ou votre malheur. Je ne veux pas faire de comparaison; mais voyez avec quelle haine infernale la fille du communard, déçue dans sa passion, vous a dévoilé le secret de la naissance de celle à qui vous avez si étourdiment donné votre foi; c'est que son cœur, comme celui de ses pareilles, n'obéit qu'à des instincts pervers. Il n'est rien là d'étonnant : des membres de l'Académie nous disent que nous ne sommes que des singes perfectionnés. Pauvre peuple ! pauvre France ! ne cherche pas ailleurs la cause de tes désastres. Personne ne t'a trahie que toi-même. C'est ton impiété qui t'a jetée sanglante au fond du gouffre où tu gis, et ce n'est que la foi qui te ressuscitera. Regarde au Ciel, les martyrs de la Roquette et d'Arcueil prient pour toi ; ils sauveront la France ! Il prie pour nous, le jeune Dominicain qui, mettant sa gloire à faire des hommes, avait, comme Vincent de Paul, donné le patrimoine de ses aïeux à son école. Alors que les monstres de la Commune faisaient défiler un à un les martyrs pour les égorger, que des furies les attendaient, le coutelas à la main, il s'écriait : « Mes amis, allons, pour le « bon Dieu ! » Ah ! son âme, réunie au Dieu de miséricorde, lui dit : « Sauvez la « France pour qu'elle redevienne glo- « rieuse en redevenant la fille aînée de « l'Église. Exaucez l'ange de la France, « qui, couvert d'un voile de deuil, prie « pour elle... » Voyez, mon fils, où la « libre pensée a pu conduire la France. »

Le curé se tut et s'assit auprès de son protégé pour y passer la nuit.

Le peintre ému, troublé des paroles du vénérable curé, fondit en larmes ; son esprit se reportait à ses excursions dans les ruines, à son séjour à la Maison-

Forte, lorsqu'il veillait au chevet de la jeune fille que son art avait sauvée et dont les plus secrètes pensées lui avaient été révélées par le délire et les rêves de sa longue et pénible convalescence.

Il avait appris, par des paroles distinctes mais entrecoupées, que le germe de sa maladie avait été pris dans la forêt en dessinant aussi les ruines. Là ce jeune cœur, qu'aucune affection n'avait jamais fait battre, s'était révélé.

Élevée dans une complète sécheresse de cœur, la pauvre enfant ne connaissait pas même l'amitié. Elle n'avait jamais reçu une caresse qui pût lui faire sentir l'amour maternel. Née d'un crime, sa mère ne l'avait élevée que par devoir, et cette malheureuse jeune fille ne savait rien de ce qui fait le bonheur de la vie. Si elle eût connu Dieu, elle aurait dans la prière épanché le trop-plein de son âme et de son cœur ; mais le froid et la nuit étaient répandus autour d'elle. Aussi, lorsque ses yeux s'étaient tournés vers ces rayons lumineux qui lui faisaient entrevoir un horizon plein de charme, tout son être s'était élancé avec tant d'ardeur qu'elle avait failli en mourir.

Le peintre, confident de ses secrets, connaissait les moindres replis de ce cœur, pur, et il s'était pris aussi d'une grande tendresse pour cette pauvre abandonnée. Il semblait que Dieu, dans ses impénétrables desseins, l'avait conduit par une voie mystérieuse vers la Maison-Forte pour sauver cette âme qui ne connaissait pas la lumière.

En effet, il partait pour Rome, après une rude campagne, lorsque le hasard lui fit connaître ces ruines majestueuses.

Et pendant que tous ces souvenirs remplissaient son cœur d'une douce joie, Nanette, la fille du communard, était venue lui présenter, la menace à la bouche, le calice empoisonné qu'il devait boire jusqu'à la lie... Et voilà que le vieux prêtre, avec sa grande sagesse, lui faisait comprendre combien les lois de la famille seraient inflexibles pour une pareille union...

Tout à coup retentissaient à son oreille,

comme un glas funèbre, le bruit des chaînes du bagne, le bruit du marteau qui mutilait la croix de mission et les coups de fusil qui faisaient des victimes... Il voyait l'échafaud dressé, et une voix lugubre lui criait : « Tu es fiancé à la fille d'un supplicié !... » Une sueur froide perlait alors à son front, et, sans le secours du bon curé, le désespoir se serait emparé de cette riche nature.

VIII

Huit jours se passèrent dans les plus cruelles angoisses pour le malheureux jeune homme. Quelquefois de douces paroles versaient un peu de baume sur son cœur, comme un rapide rayon de soleil perce de gros nuages un jour de tempête. Mais la blessure se rouvrait bientôt plus cuisante.

Ce supplice ne pouvait durer. Il avait résolu d'aller à Naples pour tout éclaircir, et son vieil ami s'était chargé de faire ses adieux à la Maison-Forte.

Cependant le peintre, malgré la naissance de Marguerita et les crimes du père, se prenait à l'aimer davantage. Le curé lui avait dit, comme Mentor à Télémaque : « Pars, mon fils, on ne peut vaincre l'amour qu'en fuyant. » Il se décida à partir avec la pensée secrète de revenir bientôt.

Le curé l'accompagna jusqu'au lieu de son départ. Après avoir embrassé, les larmes aux yeux, le vénérable vieillard, le voyageur monta sur l'impériale de la diligence pour jouir une dernière fois de la vue de la forêt dont on apercevait la sombre verdure. Le postillon avait rassemblé ses guides et faisait claquer son fouet ; le conducteur, son portefeuille à la bouche, montait sur l'impériale, quand le petit pâtre accourut à toutes jambes, sauta à la bride des chevaux et cria :

« — Maître, maître, on a brûlé Marguerita ! »

Le peintre poussa un cri, ne fit qu'un saut de la voiture sur la route, courut chez le pharmacien, et, d'un pas rapide, se rendit à la Maison-Forte.

Le curé était abasourdi.

« — Qu'y a-t-il de nouveau ? se dit-il. Le diable est-il plus fin que moi ? Hélas !

peut-être est-ce dans les desseins de la Providence. Allons voir. »

Et, son bréviaire sous le bras, appuyé sur son parapluie, il se mit en route pour la Maison-Forte, récitant en cheminant les litanies de la sainte Vierge pour conjurer Satan.

Voici ce qui s'était passé.

Marguerita descendait chaque jour au jardin ; ses forces revenaient bien vite. Elle aimait à s'asseoir près de la vaste pièce d'eau, sur le banc où le peintre s'était assis avec elle. Le pâtre, qui ne la quittait jamais, faisait monter dans son esquif *la belle demoiselle*, c'est ainsi qu'il appelait sa maîtresse ; si le vent était propice, il dépliait la voile et la nacelle volait sur l'eau comme une mouette.

Le jour du départ du peintre, Marguerita était assise au soleil, non loin d'un grand massif de lauriers du Portugal. Le petit pâtre dessinait la barque et la voile ; sa maîtresse lui donnait des conseils et l'enfant, doué d'une vive intelligence et d'une merveilleuse aptitude, faisait de rapides progrès.

Marguerita aimait à donner des leçons à l'élève en souvenir du maître.

Ce jour-là le soleil était splendide, le ciel pur ; les fleurs du jardin exhalaient de douces senteurs ; tout était exubérance dans la nature.

Le cœur de Marguerita battait à la

pensée de son fiancé. Il avait tout guéri en elle, le corps et l'âme. Depuis que Dieu lui avait été révélé, elle vivait doublement ; chaque jour elle priait, et chaque jour aussi les livres saints lui apprenaient les sublimes grandeurs de la religion. Elle portait toujours à son cou le chapelet que lui avait donné le peintre : c'était le talisman de sa félicité.

Lorsqu'elle songeait à la vie nouvelle qui allait s'ouvrir devant elle, à peine osait-elle y croire... Mais la vérité était là, son bonheur ne pouvait lui échapper. Elle trouvait que son fiancé était long à revenir, mais sa foi en lui était entière.

Pour passer ses longues journées, elle dessinait de mémoire les lieux les plus pittoresques qu'elle avait parcourus avant sa maladie; elle voulait rétablir l'album perdu dans la forêt pour l'offrir au peintre le jour de son mariage.

Plusieurs fois, Marguerita avait cru entendre du bruit dans le grand massif de lauriers, mais, surmontant un léger frisson, elle ne voulut pas changer de place.

Nanette, la fille de l'aubergiste, était là... Depuis le lever du soleil elle guettait sa victime. La haine qu'elle avait ressentie du dédain du peintre s'était élevée aux dernières limites, bouillonnait dans son cœur et s'animait de plus en plus, lorsque, se contemplant dans son miroir avec une complaisance criminelle,

elle se demandait comment une autre femme avait pu lui être préférée.

Humiliée du mépris de sa beauté, elle résolut de mettre à exécution la menace qu'elle avait faite au peintre de défigurer sa fiancée.

Nanette avait pensé d'abord assassiner Marguerita ; et un pareil crime lui était venu à l'idée sans la troubler. N'entendait-elle pas chaque jour les communards du village parler d'égorger ceux qui possédaient et redire en les approuvant les sanglantes exécutions de Paris ? Mais la perverse jeune fille avait trouvé que ce n'était pas assez. Il fallait à son atroce vengeance une souffrance morale de tous les jours.

Sans cesse torturée par cet exécrable dessein, elle se munit d'une bouteille d'acide sulfurique, se rendit la nuit à la Maison-Forte et se glissa dans le massif de lauriers que nous avons décrit.

Marguerita allait se lever, quand un grand bruit se fit dans les arbustes.

Une femme bondit sur elle, une bouteille à la main.

Marguerite pressentit un danger, se retourna, mais elle fut renversée par le choc; sa présence d'esprit ne l'abandonna point. Elle saisit vivement la bouteille qui se brisa par l'effort que fit la fille du communard en voulant l'arracher.

Marguerite poussa un cri strident, sa

main gauche était ensanglantée et cruellement brûlée ; elle s'évanouit.

Le pâtre avait déjà saisi Nanette qui sortait de ses poches un second flacon pour en arroser le visage de Marguerite. Il appela au secours ; tous les valets de la ferme accoururent, saisirent la forcenée, la garrottèrent et la portèrent dans la tour en attendant que la justice lui fît rendre un compte sévère de son crime.

Ce fut alors que le petit pâtre courut au village pour chercher le peintre et arriva assez à temps pour ramener celui que, dans son langage expressif, il appelait le *sauveur*.

Ce fut avec une émotion indicible qu'il pénétra dans la chambre de Marguerite.

Elle était couchée et supportait des souffrances atroces avec un courage qui ne se démentit pas un instant.

Sa main droite était peu brûlée ; son visage avait été préservée dans la lutte, grâce à son large capuchon ; mais les brûlures de la main gauche étaient graves : les chairs étaient entièrement détachées des os.

Le peintre, pâle de douleur et d'effroi, examina les plaies avec la plus grande attention.

Il souleva ce bras qui ne pouvait plus se remuer, et le pansa.

Marguerite ne poussa pas un cri, elle avait oublié ses souffrances et cherchait à deviner son sort.

Le peintre garda le silence.

La jeune fille comprit que son état était très-grave, alors elle s'écria :

« — Si l'art est impuissant, j'ai un talisman qui me sauvera : ne m'avez-vous pas donné, cher fiancé, un chapelet bénit par le chef de la chrétienté ; il ne m'a plus quitté depuis le jour où vous l'avez vous même passé à mon cou. »

Le vieux curé, attendri, comprit que cette jeune fille avait une âme digne de la lumière et que Dieu est bien miséricordieux dans les voies qu'il choisit pour accomplir ses décrets.

La douleur avait vaincu le courage de la jeune fille; elle s'était évanouie de nouveau.

Le bon prêtre se tourna vers le peintre et lui dit :

« — Armez-vous de courage, mon fils, Dieu vous éprouve; son secours doublera vos forces. »

Puis il s'approcha de la mère, qui était dans un état d'excitation impossible à rendre, lui prodigua des consolations chrétiennes, qu'elle écouta sans murmurer, puis il la prévint peu à peu que l'état de sa fille était dangereux et que le secours d'un chirurgien était nécessaire.

Le télégraphe appela deux savants praticiens lyonnais, et le vieux curé retourna au village pour amener deux religieuses, qui devaient s'installer auprès de la malade.

Deux jours après, les hommes de l'art examinèrent la jeune malade; l'amputation de la main gauche fut reconnue urgente pour éviter une plus grande catastrophe.

Le peintre se leva ému et troublé, s'approcha de la jeune fille et se penchant vers elle :

« — Marguerita, m'aimez-vous toujours, et voulez-vous être ma femme. »

Marguerita ouvrit de grands yeux.

« — Je vais mourir, dit-elle ; au Ciel serai-je aussi votre épouse ?

« — Oui, ce sera pour l'éternité. La vue de vos souffrances centuple mon amour. »

Marguerite sourit et dit :

« — Je suis prête à tout, puisque je vous serai unie ; je veux vivre pour vous. Oh ! que la religion est belle puisqu'elle sait si bien allier l'amour au devoir. Je veux être chrétienne pour pouvoir vous aimer comme vous m'aimez. Nous aimerons aussi bien les autres ; les pauvres seront nos frères et nous pardonnerons à celle qui a commis le crime. Allez la délivrer. »

Il sortit, les chirurgiens entrèrent.

Lorsque le peintre pénétra dans la tour de l'ancienne Maison-Forte, il dit d'une voix sévère à la fille du communard :

« — Tu es libre, ma femme te pardonne ton crime et moi je te souhaite de rentrer en grâce avec Dieu.

« — Ta femme! ta femme, hurla Nanette, tu as épousé la fille d'un galérien. Impossible, ou tu es devenu fou.

« — Oui, répondit le peintre, la tache de son origine est effacée par mon amour et la religion purifie tout. Sors d'ici, ta présence souille cette maison. »

La fille du communard se leva, écumant de rage. Ce pardon l'exaspérait, et, montrant le poing à son libérateur :

« — Mais tu ne nous connais donc pas que tu nous parles de repentir ? Nous ne voulons pas nous repentir, car nous ne croyons pas à la vertu ni même à Dieu; ce que nous voulons c'est la jouissance de toutes choses. Rien ne nous coûtera pour nous satisfaire. Nous repentir ! oui, la torche à la main, pour brûler vos maisons et vos palais. Si tu me fais grâce, ma vengeance te poursuivra partout. Tue moi ! »

IX

Un mois s'était écoulé depuis que Marguerita avait été victime de l'odieux attentat de Nanette. La plaie se cicatrisait, les brûlures de la main droite n'étaient que légères et laisseraient à peine une marque; bientôt elle pourrait quitter son lit de douleur et aller comme autrefois se fortifier au soleil.

Le bon curé venait presque chaque jour apprendre le catéchisme à la jeune malade, pour la préparer aux grands actes de la religion chétienne.

Souvent Marguerita comparait les sentiments de son cœur, depuis qu'elle avait reçu la semence divine, avec la sécheresse qu'elle ressentait naguère.

Aux ténèbres succédaient les sublimes révélations du christianisme.

L'erreur avait disparu comme le soleil chasse la nuit.

Pas une ombre ne voilait l'esprit de la jeune vierge ; toutes les erreurs de l'instruction athée s'étaient dissipées, la matière s'était fondue en elle au feu de la foi.

Une seule chose l'étonnait, c'est que Dieu ne se fût pas révélé plus tôt, tant ses œuvres sont éclatantes ; tout dans la nature le révèle ; seul l'homme, qui est sa plus parfaite créature, ose le renier ; et quand son fol orgueil a trouvé la composition des corps, il croit aussi à son tour être un créateur, et pourtant il ne devient lui-même à ses yeux qu'un singe perfectionné.

Pauvre humanité ! plus tu approches de la science, plus tu as besoin de la foi. Philosophie athée, regarde tes œuvres ; ta doctrine a illuminé le monde d'un vaste incendie. Malheur aux peuples qui ont cru ce que tu leur disais. Plus de lois humaines, puisque les lois divines n'existent plus ; le frein des passions est rompu et la tourbe incrédule se précipite sur ceux qui croient.

Marguerita faisait toutes ces réflexions, et ses nouvelles connaissances de la religion lui montraient le crime de la morale indépendante.

Tout s'enchaîne dans ce monde avec une rigueur mathématique : aux plantes il faut le soleil, aux hommes il faut Dieu.

X

C'était par un beau jour d'automne, les croisées de la vaste chambre de Marguerita étaient ouvertes; un chaud soleil s'y précipitait et faisait danser sur ses rayons des millions d'atomes.

Il y avait des fleurs partout.

Un nouveau tableau avait remplacé celui qui avait été vendu pour secourir les malades.

La table était convertie en autel.

Marguerita était seule et contemplait tout cela avec ravissement. Elle était à demi couchée sur son lit, vêtue d'une robe de mousseline blanche.

La porte s'ouvrit.

L'évêque du diocèse, le curé, l'abbesse d'un couvent voisin entrèrent, le peintre donnait le bras à la mère de Marguerita ; il était suivi de deux amis; sa famille avait été massacrée par la Commune.

Venaient ensuite le petit pâtre et tous les serviteurs de la maison.

Marguerita fit à l'évêque une solennelle profession de foi.

Aussitôt commença la cérémonie du baptême, puis celle de la première communion.

L'évêque imposa les mains sur le front de la jeune fille, et lui dit :

« — Que l'Esprit-Saint descende en vous. »

Le peintre, à genoux, prit la main de Marguerita, lui mit au doigt la bague de sa mère, et le prélat bénit leur union.

Quelques jours après le mariage de Marguerita, sa mère entra dans un couvent, donna tout son bien pour une fondation religieuse et dit pour toujours adieu au monde.

Les jeunes époux allèrent passer l'hiver à Nice, au milieu d'une riche famille américaine, propriétaire d'une magnifique villa sur la promenade des Anglais, et qui est une providence pour les pauvres. De bonne heure, les enfants apprennent à les aimer.

Le pâtre, emmené par les jeunes époux, suivait à Nice le cours de maîtres bien choisis. Il promettait de devenir un artiste distingué et travaillait avec ardeur.

Marguerita et son mari, dans un ravissement perpétuel, chaque jour remerciaient Dieu de leur félicité ; tous deux travaillaient avec ardeur à un tableau destiné à être vendu pour la délivrance du territoire. Il devrait être signé X... et Marguerita.

FIN

LYON. — IMPRIMERIE PITRAT AINÉ RUE GENTIL, 4.

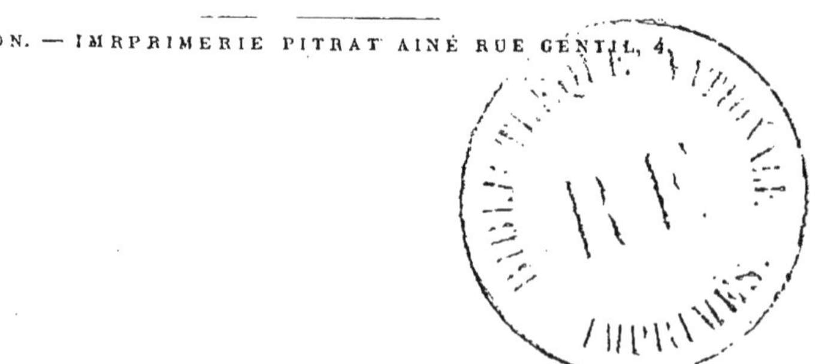

OUVRAGES DU MÊME AUTEUR

CONFIDENCES A L'OREILLE D'UNE JEUNE FILLE, 1 vol. in-18.

JEANNE DE CHATILLON, 1 vol. in-18.

THÉRÈSE (Nouvelle), 1 vol. in-18.

LE PAGE DU BARON DES ADRETS (Deuxième édition), 1 vol. in-12.

LES FIANÇAILLES DE LA BERGÈRE D'EZA, 1 vol. in-18.

LE MALÉFICE DE LA SORCIÈRE, 1 vol. in-18.

LA FEMME D'UN JOUEUR, 1 vol. in-18.

LA FIANCÉE DU DIABLE, 1 vol. in-18.

EN PRÉPARATION

UNE CHAUMIÈRE ET UN CŒUR, 1 vol. in-18.

L'ORIENT, Tableau historique et poétique de l'Égypte. 1 beau vol. in-8 jésus.

RÉGÉNÉRATION DE LA FRANCE PAR LA RELIGION.

LYON, IMP. PITRAT

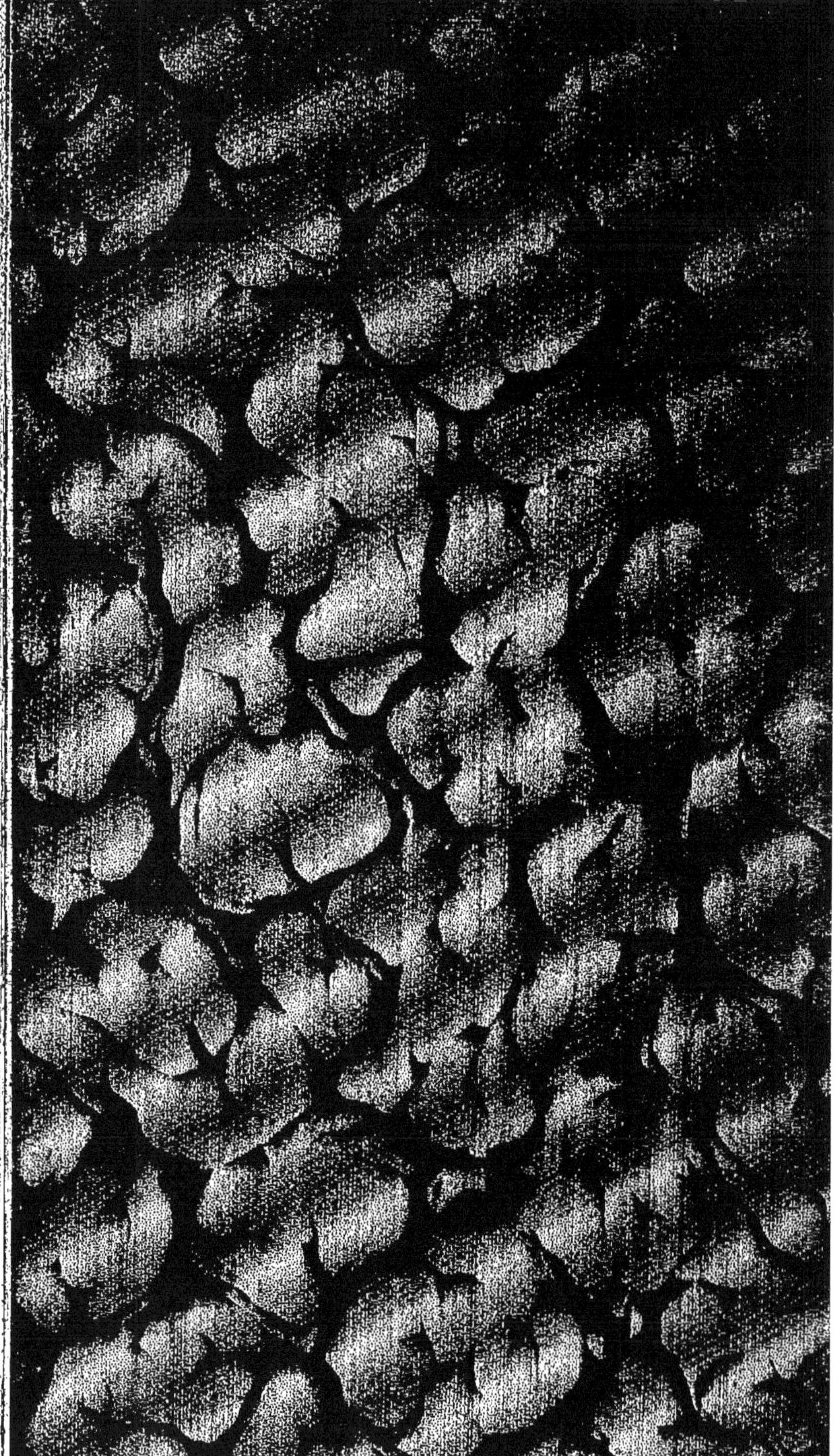

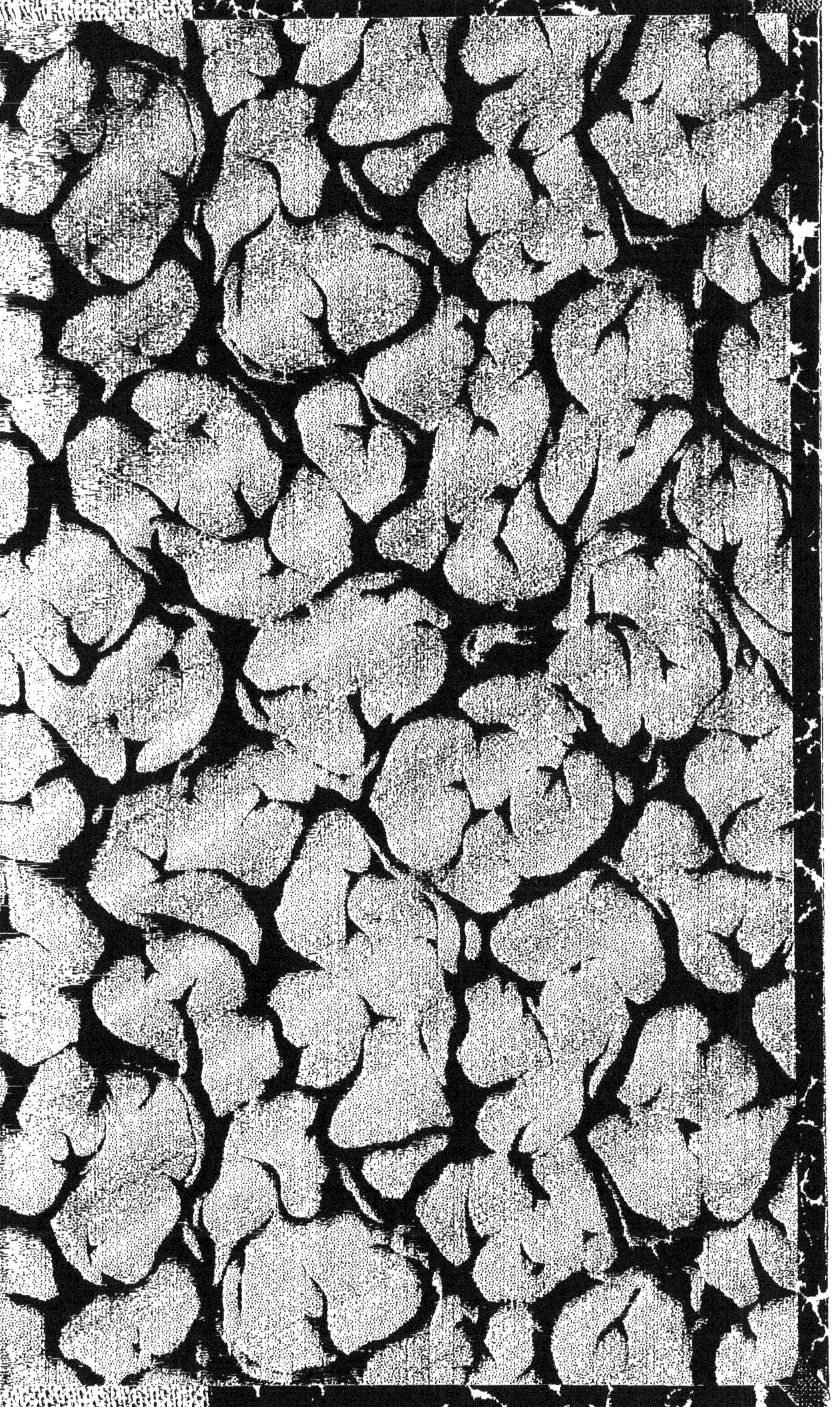

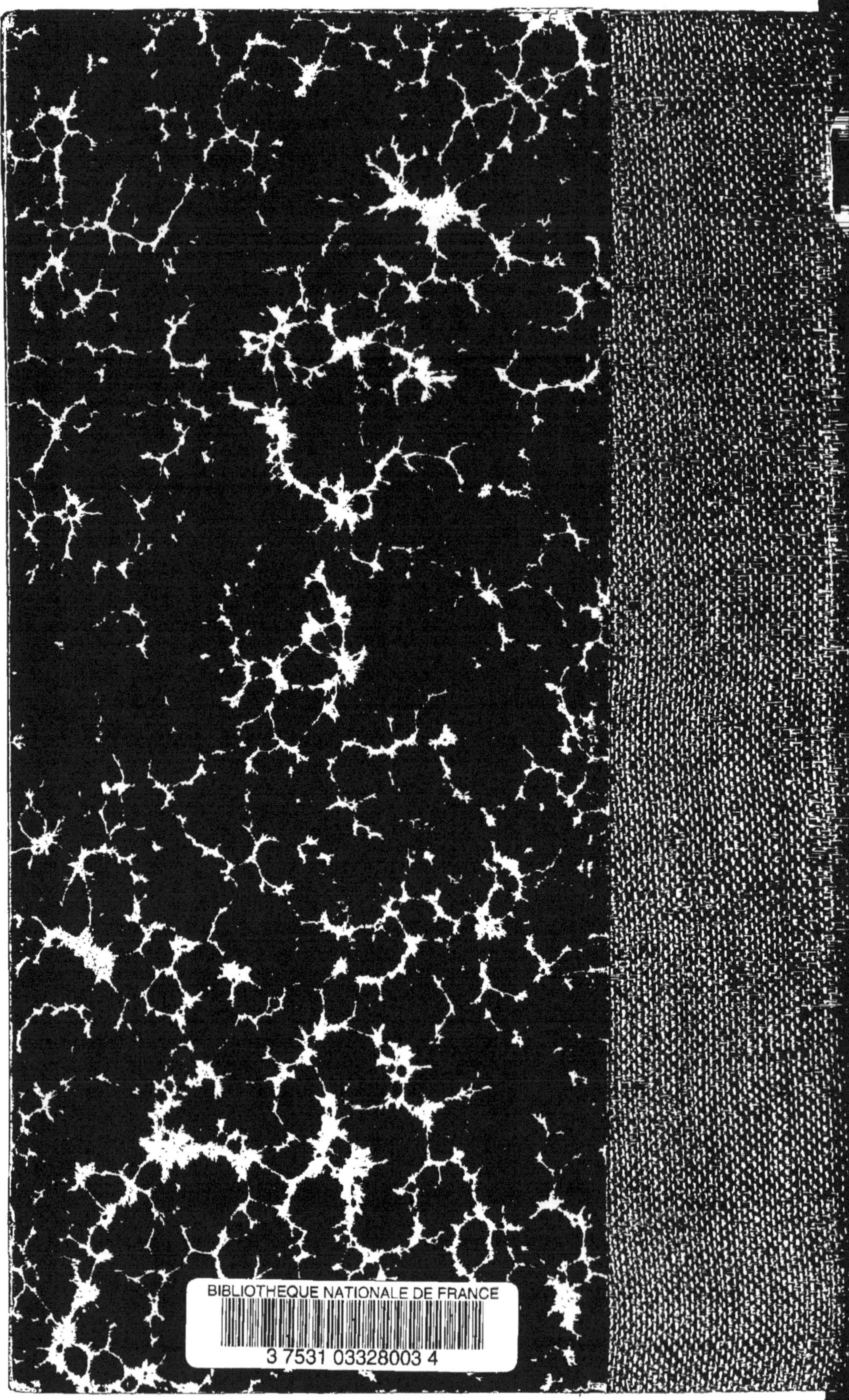

www.ingramcontent.com/pod-product-compliance
Ingram Content Group UK Ltd.
Pitfield, Milton Keynes, MK11 3LW, UK
UKHW020332230726
13925UKWH00002B/753